MİNE SÖĞÜT

BAŞKALARININ TANRISI

Can Çağdaş

Başkalarının Tanrısı, Mine Söğüt

1. basım: 2022
3. basım: Kasım 2022, İstanbul
Bu kitabın 3. baskısı 10000 adet yapılmıştır.

Dizi editörü: Cem Alpan
Düzelti: Burçin Gönül
Mizanpaj: Bahar Kuru Yerek

Sanat yönetmeni: Utku Lomlu / Lom Creative (www.lom.com.tr)
Kapak uygulama: Ezgi Arslan
Resim: Bahadır Baruter

Baskı ve cilt: Melisa Matbaacılık Yayıncılık San ve Dış Tic. Ltd.
Maltepe Mah. Davutpaşa Çiftehavuzlar Sk. No:16 Acar San. Sit.
Zeytinburnu, İstanbul
Sertifika No: 45099

ISBN 978-975-07-5684-9

CAN SANAT YAYINLARI
YAPIM VE DAĞITIM TİCARET VE SANAYİ A.Ş.
Maslak Mah. Eski Büyükdere Cad. İz Plaza Giz, No: 9/25, Sarıyer / İstanbul
Telefon: (0212) 252 56 75 / 252 59 88 / 252 59 89 Faks: (0212) 252 72 33
canyayinlari.com
yayinevi@canyayinlari.com
Sertifika No: 43514

MİNE SÖĞÜT

BAŞKALARININ TANRISI

ROMAN

can

Mine Söğüt'ün Can Yayınları'ndaki diğer kitapları:

Aşkın Sonu Cinayettir, 2016

Alayına İsyan, 2020

Başkalarının Tanrısı, 2022

Deli Kadın Hikâyeleri, 2022

Gergedan, 2022

Beş Sevim Apartmanı, 2022

MİNE SÖĞÜT, 1968'de İstanbul'da doğdu. 1985'te Kadıköy Kız Lisesi'nden mezun oldu ve aynı yıl İstanbul Üniversitesi Edebiyat Fakültesi Latin Dili ve Edebiyatı Bölümü'ne girdi. Lisans eğitimini 1989'da tamamladı ve aynı bölümde yüksek lisansa devam etti. Gazeteciliğe 1990'da *Güneş* gazetesinde başladı. Daha sonra *Tempo* dergisi ve *Yeni Yüzyıl* gazetesinde çalıştı. *Haberci* adlı televizyon belgeselinin metin yazarlığını yaptı. Çeşitli dergi ve gazetelerde yazı ve röportajları yayımlandı. 2013-2021 yılları arasında *Cumhuriyet* gazetesinde köşe yazarlığı yaptı.

Yapıtları: *Adalet Cimcoz/Bir Yaşamöyküsü Denemesi* (biyografi, 2000), *Beş Sevim Apartmanı* (roman, 2003), *Sevgili Doğan Kardeş* (araştırma, 2003), *Kırmızı Zaman* (roman, 2004), *Aşkın Sonu Cinayettir/Pınar Kür'le Hayat ve Edebiyat* (söyleşi, 2006), *Şahbaz'ın Harikulâde Yılı 1979* (roman, 2007), *Dolapdere/Kürt Kediler Çingene Kelebekler* (deneme, 2009), *Madam Arthur Bey ve Hayatındaki Her Şey* (roman, 2010), *Deli Kadın Hikâyeleri* (öykü, 2011), *Darbeli Kalemler* (derleme, 2011), *Gergedan/Büyük Küfür Kitabı* (öykü, 2019), *Alayına İsyan* (deneme, 2020).

1

Sabahın erken saatlerinden beri şehrin üzerini kaplayan yoğun sis yeni dağılmış. İptal edilen vapur seferleri tekrar başlamış. İnsanlar, büyük bir felaketten kaçar gibi itişerek iskeleye doğru koşturuyorlar. Ben öylece duruyorum.

Benim ne geç kaldığım bir işim var, ne de bir telaşım. Vapur iskelesinin yanındaki taşlığa çömelmiş karşı kıyıya, o görkemli saraya bakıyorum, yanımdan geçen insanlar saatlerine bakıyorlar. Ben o sarayın bir zamanlar birilerinin evi olduğunu düşünüyorum, onlar evlerine dönme saati geldiğinde vapurun çalışıp çalışmayacağından endişeleniyorlar. Ben doğumu ve ölümü düşünüyorum, onlar hayatta kalmanın yolunu. Benim aklımda olanlar ve olmayanlar, onların aklında olacaklar ve olmamışlar. Ben hep şimdiki zamandayım, onlar hep gelecek zamanda.

Bu mudur hayat Efsun Abla?

Efsun Abla'dan cevap yok. Kucağında paket paket kâğıt mendil, tekerlekli sandalyesinde uyukluyor. Mendil alanların onu uyandırmadan usulca kucağına bıraktıkları metal paraların üzerine düşen ışık, çiçekli elbisesinin yakasındaki teneke broşa yansıyıp parlıyor.

Bu noktada daha önce çömelmiş, vapurlara, karşı kıyıya, saraya, köprüye, camilere, martılara ve denizanalarına bakarak tuhaf şeyler düşünmüş, dilenmiş, kendisini acındırmış, dünyayı umursamamış, herkesin utandığı şeylerden utanmamış, herkesin yaşadığı şeyleri yaşamamış bizim gibi insanların ve bizlere bakan ve bizlerin yanından geçip giden ve bizlere karşı acımayla öfke arası duygular besleyen başkalarının varlığının ebedîliği bir bulut gibi tepemizde.

O bulutun gölgesinde durmaksızın hissettiğim biz ve onlar hissi bana şu an iyi geliyor. Bizim bakacak bir saatimiz, gidecek bir işimiz, faturalarını ödemekle yükümlü olduğumuz bir evimiz, başlarına bir şey gelmesinden korktuğumuz bir ailemiz, inandığımız bir tanrımız... yok mu gerçekten?

Yok. Benim epeydir yok. Ama bir zamanlar vardı. Efsun Abla'nın? Ondan emin değilim.

2

"Ne sayıklıyorsun yine Musa?"
"Ne sayıklıyorum Adnan Abi?"
"Şairrrrr köpek... Ölmedin yine dirildin di mi?"
"Dirildim Efsun Abla."
"Ablan kurban olsun sana!"
Ablam kurban olur mu bana?

Olmuyor. Yüz yaşındaki, bin yaşındaki, dünyanın yaşındaki Efsun Abla'dan hiçbir şey olmuyor.

Kahvedeyiz. Kahve okyanusta bir ıssızlık. Kimseye ait olmayan bir yer. Ne bana ne Adnan Abi'ye ne Efsun Abla'ya. Öyle. Bir başına. Kahvenin ahşap duvarlarında rengi solmuş eski posterler. Posterlerde hiçbirimizin gitmeyeceği dağlar, denizler, göller, dereler. Çalışmayan iki saat, biri guguklu. Çay ocağının arkasındaki raflarda kenarları kırık fincanlar, kenarları kırık cam bardaklar. Tahta masalarının üzerinde bin bir leke. Pencerelerinin ahşabı harap. Camlarındaki kırıkların boşluğuna gerilmiş naylonlar, kahvenin sigaradan yorgun ciğerleri gibi, uğul uğul. İçerisi kömür kokuyor ve hiçbir zaman gerçekten ısınmıyor. Burası herkesin vazgeçtiği bir yer. Her şeyin gözden çıkarıldığı bir kuytu. Bu sayede akşamları burada barınabiliyoruz. Müşteriler gittikten sonra, el ayak çekilince deliklerinden çıkan böcekler gibi, ateşi korlaşan ve usul usul kül olan sobaya yaklaşıyoruz. Üşümekle ısınmak, donmakla çözülmek, var olmakla yok olmak arasında kendimize bir yer buluyoruz.

Bu kahve bize bazen bir rahim, bazen de bir mezar. Kuytusunda saklanıyoruz, çürüyoruz, kokuşuyoruz ama bir şekilde yaşıyoruz. Şehir üzerimize geldikçe bu deliğe kaçıyoruz. Bize ne "gel" diyen var ne "git". Yokmuşuz gibi. Ya da hep buradaymışız gibi. Yokluğumuzla varlığımızın birbirine bu kadar yakın olduğu tek yer. Bu kahve her yer.

Her sabah burada doğuyoruz ve her akşam burada ölüyoruz. Sabahtan akşama bin ömrü burada tüketiyoruz. Kahvenin tahta sandalyeleri gibi, tahta masaları gibi, taş zemini ve ahşap duvarları gibi, kirli tavanı gibi, gıcırdayan kapısı gibi, asla tam olarak kapanmayan pencereleri gibi, galvaniz sobası gibi, lodoslarda içeri içeri tüten bacası gibi, plastik çay tabakları gibi, ince belli cam bardakları gibi, bakırı kararmış cezveleri gibi, kaymaz tepsileri gibi, demirbaşıyız buranın. Ben, Efsun Abla, bir de Adnan Abi.

"Bizden sonra tufan," diyor Efsun Abla.

"Bizle birlikte tufan," diyor Adnan Abi.

"Tufan?" diyorum ben.

Aralarında yeniyim, onların bildikleri bir sürü şeyi bilmiyorum.

"Yıkılacak bu kahve," diyor Adnan Abi.

"Yıkılacağız hepimiz," diyor Efsun Abla.

Üçümüz de ciğerlerimize derin birer nefes çekiyoruz. Üçümüz de o içimize çektiğimiz nefesi biraz tutuyor, hemen geri vermiyoruz.

Adnan Abi çay ocağında duruyor, hatta orada uyuyor. Ben hep sobanın çaprazındaki masada oturuyorum. Efsun Abla'nın tekerlekli sandalyesi kapının solundaki pencerenin önünde. Bazen o pencereden hep birlikte dışarı bakıyoruz, bazen içeri.

Dışarıda başımıza gelenlerden ve içeride başımıza gelmeyenlerden müteşekkil güvenli varsaydığımız bir hayatı paylaşıyoruz.

Hepimizin geçmişinde yarım yamalak bir gerçeklik ve bolca hayal var. Anlattığımız hikâyelerden birbirimizi yarım yamalak tanıyoruz. Hepimiz birbirimizin hikâyelerine, hiç sorgulamadan, olduğu gibi inanıyoruz. Bizi bir arada tutan tek şey bu inanç.

Aramızdaki bağ aslında pamuk ipliğine bağlı. Birimiz sussa, anlatmasa, kopar.

Kopmuyor daha. O incecik bağın gücüne şaşırmadan, sanki her şey olağanmış gibi hep birlikte yaşıyoruz ve her şey ama her şey hakkında durmadan konuşuyoruz.

En çok da Efsun Abla'nın bacaklarını konuşuyoruz. Onun bacakları kesik. Tam dizlerinin altından. Bedeninden aşağıya doğru iki sarkıt gibi uzanıyorlar. Yere varamamanın havailiğiyle boşlukta sallanmaktalar ve bacakları iki dizinin altından ayaklarına bağlanan, yani bedeni tam olan insanlara, yani bize, hepimize, kendisinden başka herkese, bastığımız yeri terbiye heveslisi birer devasa parmak gibi gösterircesine, havada tık diye kalmaktalar. Uçlarında, insan bedenini hiç beklenmedik bir yerde sonlandırmanın görkemli kibri.

Efsun Abla kesik bacaklarına "uçlarım" diyor.

Uçlarımı tut.

Uçlarım yara oldu.

Uçlarım acıyor.

Uçlarıma çaputlar bağla.

Uçlarımdan öp beni.

Uçlarımı kucakla.

Bacaklarının neden kesik olduğunu soranlara, dudaklarının arasında sönmüş bir izmarit, verdiği cevap hep aynı.

"Sigaradan."

Sigaradan değil. Kendisi kesmiş. Birkaç yıl önce. Devran yüzünden. Devran için. Devran'a rağmen. Devran, onu pek de sevmeyen bir adam. Öyle diyor Efsun Abla. Başlarda deli gibi âşıkmış Efsun'a. Efsun da ona.

"Devran sence yakışıklı mı Efsun Abla?"

"Ondakine yakışıklılık denmez. Şeytan tüyü denir."

"Peki bendekine ne denir?"

"Sen yakışıklısın şair. O senin gibi değil. O daha çok benim gibi."

Devran. Daha tanımadığım, benden bile genç bir adam. Çok yakında tanışacağız. Ve ikimiz de tanıştığımıza pişman olacağız.

"Demek bacaklarını Devran yüzünden, Devran için, Devran'a rağmen kendin kestin Efsun Abla?"

Hâlâ ama hâlâ deli gibi âşık olduğu genç sevgilisi artık onu erkeklere satmasın diye kesmiş. Uzun uzun hesap yapmış. "Ben," demiş, "bu bacakları keserim," demiş. "Bacakları kesik yaşlı bir orospu artık para etmez," demiş. "Devran beni ona buna peşkeş çekmez," demiş. "Bir tekerlekli sandalye alırız," demiş. "Sokaklarda dilenirim ben," demiş. "Eve daha çok para getiririm," demiş. "Devran beni daha çok sever," demiş. "Bu yaştan sonra dilenmek sevişmekten daha az yorar," demiş. "Sevdiğim adam da biraz beni sevsin artık," demiş. Hepsini bir bir hesap etmiş.

Ama bacakları olmayan ve erkeklere satılmayan yaşlı bir kadının genç sevgilisinin ilgisini tamamen kaybedeceğini, bir tekerlekli sandalye alındıktan sonra genç adamın onu o sandalyeyle sokağa atacak kadar gaddarlaşabileceğini hesaplayamamış.

"Hesaplayamadım be Musa."

Hesapla be Efsun Abla! Bir şeyi de hesapla şu hayatta!

Mesela sana âşık olabileceğimi hesapla.

Evet, bacakları olmayan ve yaşı yaşımın iki katı olan, zargana gibi zayıf ve yarı kaçık bir kadına âşık olabilirim ben. Farkında değilsin. Sana ne zaman baksam, entarin sıyrılıyor hafiften. İçinde bir kötülük yok biliyorum ama benim var Efsun Abla... Benim içim sana fena.

3

Efsun Abla'nın geçmişi, hangisi gerçek hangisi hayal anlaşılmaz kahramanlarla dolu. "Kırların Hatçe" diyor. "Ölü Komiser" diyor. "Köpek Ahmet" diyor. "Devran puştu" diyor.

Kırların Hatçe annesi. Çoktan ölmüş. Köpek Ahmet kardeşi gibi bir şey, bir de ilk sevgilisi. O da çoktan ölmüş. Ölü Komiser peşindeki polis. O hiç ölmüyormuş.

"Ölmez o," diyor, "aslında onların hiçbiri ölmez."

"Ama Devran ölecek. Onu sen öldüreceksin. Ve ölenlerin de öldürülenlerin de aslında hiçbir zaman ölmediğini kendi gözlerinle göreceksin."

O böyle deyince, anlattığı her şeyin hep hayal olduğunu anlıyorum. Ve hayaller ölmez, kendimden biliyorum. Alnında bir kurşun deliğiyle yaşayan ve canı buna rağmen hiç çıkmayan bir komiserin hayalî tehdidiyle, ilk sevdiği ve son sevdiği iki erkeğin hayalî aşkı arasında gerilmiş bir telin üzerinde, bacakları hâlâ varmış ve onu hayal ettiği her yere taşırmış gibi yaşayan bu yaşlı kadına neden âşık oldum ben? Aklımı ne zaman terk ettim de bu kara deliğe düştüm ben?

Adnan Abi aklımdan geçenleri okur gibi bir bana bakıyor, bir Efsun Abla'ya. Üzülüyor. Bir bana, bir Efsun Abla'ya. Ona kim üzülecek?

O kim olduğunu bilmiyor. Unutmuş. Adını unutmuş. Ailesi var mı, unutmuş. Ne iş yapar, unutmuş. Yıllar önce bir gün deniz kıyısında tahta bir bankta uyanmış. Kış ayazında çıplak. Kıyıdaki bir balıkçı üzerindeki ceketi çıkarıp vermese orada öylece öleyazacakmış. Kahveye getirmiş balıkçı bunu. Kahvedekiler sobanın yanına oturtmuşlar, "Kimsin? Nesin?" diye sormuşlar.

"Bilmem," demiş, "Kimim sahi? Neyim?"

Deli sanmışlar, aralarında biraz tartışmışlar.

"Polise haber versek mi?"

"Yok," demiş, "polise haber vermeyin. Kimsem kimim. Siz bana giyecek bir şeyler verin, ben böyle yaşar giderim."

Şimdi kahvede, çay ocağının başında, o soruyor herkese, "Kimsin sen?" diye. Soruyu duyanlar şaşırıyorlar önce. "Kimim ben?" Sonra bir şeyler geveliyorlar. Keyifle dinliyor o gevelemeleri.

"Yaaa," diyor, "sen de bilmiyorsun işte kim olduğunu. Hiçbirimiz bilmiyoruz. Kimiz biz? Neden buradayız? Nereden geldik, nereye gidiyoruz? Hiçbirimiz hiçbir şey bilmiyoruz."

Sonra yerden toplayıp içtiği izmaritten bir nefes çekiyor.

"Kimsek kimiz. Kime ne be birader," diyerek tok tok gülüyor. Gülüşü surlarda yankılanıyor. Çayları hep olması gerekenden biraz daha demli koyuyor.

Kimin kim olduğuna önem veren bu dünyanın kimseye önem vermemesi üzerine düşünmeye başladığımız anda her şeyin altüst olacağını bildiğimizden olsa gerek, hiçbirimiz gerçekten kim olduğumuzun peşine düşmüyoruz. Sadece hayalî bir tanrının kulu olduğunu sanmak yetiyor insana.

Peki o tanrı kim?

"Saçma sapan şeyler sorup durma," diyor Efsun Abla

dişsiz ağzından tükürükler saça saça. "Tanrı kimse kim. Sana ne? Bana ne? Bir hayrı mı var bize?"

En mantıklı sorular hep Efsun Abla'dan gelir.

"Tanrı'nın varlığını tartışmak yerine hayrını tartış, o zaten hızla kendiliğinden yok olur."

"Tamam Efsun Abla, Tanrı'yı boş verelim. Mesela şu anda elinde zar zor taşıdığı torbalarla kahvenin önünden geçen şu kadın. O var mı gerçekten? Bir annesi, bir babası, çocuğu, bir kocası, mezun olduğu bir okul, yaptığı bir iş, oturduğu bir ev, yaşadığı bir mahalle, ait olduğu bir ülke olması, onu var etmeye yeter mi? Ya da bir tanrıya inanması? Hiç merak etmedin mi Efsun Abla, tanrısına sorduğu soruların cevabının olmamasının nedeni, tanrının yokluğu değil de kendisinin yokluğu olamaz mı?"

"Bak hâlâ Tanrı diyor! Tanrı bizimle konuşmaz şair, yüzümüze bile bakmaz. Sus artık. Çayını iç. Şiirini yaz."

Susayım artık, çayımı içeyim, şiirimi yazayım.

Şiiri sadece yazılır bir şey sanıyor Efsun Abla. Yaşanabileceğinden habersiz. Oysa kendisi bir şiirin içinde yaşıyor. Ama umurunda değil. Ne yaşadığı şey ne de kim olduğu. Kimse de onu umursamasın istiyor. Şimdiki zamanın insanı. Ne geçmişle bağ kuruyor ne gelecekle. "Kimsin?" desen, "Benim!" der o kadar. Hangimiz "Kimsin?" dendiğinde sadece "Benim!" diyebiliriz?

"Kimim ben?"

"Benden başka herkes."

Bu soruya her seferinde başka bir cevap buluyorum. Ama buluyorum, asla cevapsız kalmıyor soru. Bir sürü şeyim ben. Bazen isimim, bazen şehir. Bazen hayvan, bazen eşya. İsmimin baş harfleri hep başka başka.

"Sana ilk ismimi anlatmış mıydım ben Efsun Abla?"

Herkesin bir ilk ismi vardır, kendisinin bile bilmediği. Hepimiz o ilk ismimizi bulmak için geliriz bu dünyaya. Ama dünyada gördüklerimize kendimizi kaptırıp ismimizi aradığımızı unuturuz. O yüzden devamlı sorarız birbirimize, "Benim ne işim var burada?" diye.

Tanrıyı uydururuz bahane olarak. Bir yaratıcının eğlencesi olduğumuza ikna oluruz. Bizimle eğlenen bir yaratıcının hiddetinden kendi kendimizi korkuturuz. O yüzdendir içine düştüğümüz bu boşluklar, bu kayboluşlar, bu anlam aramaları, bu bulamamalar, bu bunalımlar...

"Şairim diyorsun ama maşallah destan yazıyorsun pezevenk!"

"Öyle deme, destan da şiirdir Efsun Abla, uzun, çok uzun bir şiirdir ve şiirlerin dedesidir."

"Dedeleri teneşir paklar şair, başlatma destanından da dedenden de, ismini söyle bana, ilk ismini!"

Yok, bulamadım Efsun Abla. Seni buldum ben. Sadece seni. İlk ismim sensin belki.

Ben Efsun Abla'yı, kendimi kaybettiğim yerde buldum. Ya da o beni kendisini aradığı yerde buldu. Emin değilim. İkisinden biri gerçek. Ve gerçek diye bir şey yok.

4

Adnan Abi, Efsun Abla'yla bizim hallerimize gülüyor.

"Bakma bu bacaksıza," diyor. "Sen beni dinle evlat. Kim olduğumu bilmiyorum ama şiir nedir hatırlıyorum. Kutsal kelimelerdir şiir! At elinden o kâğıdı kalemi, hiçbirini yazma, hep mırıldan. Hepsini kaybet, unut gitsin. Fark etmez. Bir kez ağzından çıkmaları hatta sadece aklından geçmeleri bile yeter. Bırak yazma istersen. Onlar ruhundan çıkar, havaya karışırlar, yele tutunurlar, denize düşerler, toza bulanırlar. Sonra da muhakkak biri bulur onları, duyar bir şekil. Bak şu koca şehrin uğultusuna. Sadece arabalar, insanlar, fabrikalar, hayvan sesleri değildir bu devasa uğultuyu yaratan. Şiir vardır o uğultunun içinde. Şiir!"

Kim olduğunu bilmeyen ama her nasılsa şiirin ne olduğunu bilen Adnan Abi, iştahla uğultunun inşa koşullarını anlatıyor bana.

"Bu şehir herkes uyurken, sokaklar bomboşken bile uğuldar. Neden bilir misin? Çünkü burada, bu şehirde senin gibi yazdıkları hiç basılmamış yığınla kayıp şair yaşamış ve ölmüştür. Ayıklasan kelimeleri o uğultudan, hep şiir çıkar. Onların bölük pörçük cümleleri şu soluduğun havada dolaşıyor. O yüzden şehri içine çeken şiirle dolar. En pis havasında bile bu şehrin şiir var. Yaşamı sevmek ve hep bir şeyler gevelemek için bu bile yeter adama."

Yetmez Adnan Abi. Şaire hiçbir şey yetmez. Ne senin şu benden daha şair sözlerin yeter bana, ne de Efsun Abla'nın hoyrat sevgisi. Her şey tam ve bir şey hep eksik. Çıkamıyorum işin içinden. Çıkamıyorum bu şehirden. Bu ölümden.

Öfkeli şair soyu diye bir laf var Latincede. "Genus irritabile vatum" diyorlar benim gibilere. Derdi bitmeyen ve bitmeyen dertlere öfkelenen şairlerin derin hassasiyetine vurulmuş bir damga. Ensemde. Tam ensemde var ondan. Rüzgâr enseme değdikçe, sızlıyor o damga. Ta Latin'den beri, Fatih'ten çok çok önceleri...

5

Geldiğimden beri her sabah Efsun Abla'nın tekerlekli sandalyesini iterek kahveden dışarı çıkıyorum. Onu dilendiği köşeye kadar götürüp bırakıyorum. Saçlarına bir öpücük kondurup kıyıdaki terk edilmiş balıkçı barınağına geliyorum. Dudaklarımın arasında çoktan sönmüş bir sigara. O cevapsız soruyu kendime tekrar tekrar soruyorum. Neden? Neden buradayım? Neden kendimi hâlâ öldürmedim? Neden vazgeçemedim? Nasıl oldu da eve geri dönmedim?

Yakın bir zamana kadar bir karım vardı benim. Bir çocuğum vardı. Her gece yattığım ve her sabah kalktığım bir yatağım vardı. Her gün metroyla gidip geldiğim bir işim vardı. Cebimde bir kimliğim vardı. Arkadaşlarım vardı. Alışkanlıklarım vardı. Korkularım vardı. Hedeflerim vardı. Her şeyim vardı. Hepsini terk ettim, bir bu dünyayı terk edemedim. Başka bir yerinden hayata yeniden tutundum.

Bir iskemlenin üzerinde başımı tahta bir masaya dayayarak uyuyorum. Bütün gün avare avare dolanıp, fırsat bulursam birilerini soyuyorum. Çöplerden yiyecek topluyorum. Yaşlı ve deli bir kadına âşığım. Tek arkadaşım, hafızasını kaybetmiş yaşlı bir adam.

Adnan Abi her şeyi unutmuş, ben hiçbir şeyi unutamıyorum. Eski hayatımın son sabahını mesela. Hiç bitmedi, şu anda orada, o apartman dairesinde yine ve yine ve yine yaşanıyor. Zaman şimdide durmuş, hep aynı şey ve başka bir sürü aynı şey aynı anda olup olup duruyor.

Alarm, sabah yine hep altı buçukta çalıyor. Her sabah bir kadın yine alarm çalınca belli belirsiz mırıldanarak bana sırtını dönüyor. Her sabah gözleri aynı bana benzeyen bir çocuk yine odasında uyuyor. Her sabah bir mutfak yine kahve kokuyor.

Son kahvemi sigarayla birlikte bir evin balkonunda defalarca içiyorum. Hava hep daha aydınlanmamış. Çevredeki yüksek apartmanlarda bazı dairelerin ışıkları yanmış, bazılarınınki yeni sönmüş. Benim gibi işe gitmek için erkenden uyananlar ve ev halkını uyandırmamak için parmak uçlarına basarak kendi evlerinde birer hırsız gibi dolananlar, hâlâ uyuyan çocuklarına odanın kapısından şöyle bir göz atanlar, mutfakta hızla bir şeyler atıştıranlar, vapuru, metroyu, servisi, otobüsü, minibüsü kaçırmamak için sık sık kolundaki/duvardaki/telefonundaki/masasındaki saate bakanlar, biz hepimiz, kadınlar ve adamlar, gençler ve yaşlılar, tembeller ve çalışkanlar, hevesliler ve bitkinler, hızlılar ve yavaşlar, şuurlular ve şuursuzlar, başarılılar ve başarısızlar, inançlılar ve inançsızlar, akıllılar ve aptallar, kurnazlar ve saflar, aldatanlar ve aldananlar... Biz hepimiz hep ve hâlâ o evlerden/evden/evlerimizden çıkıp işe/o işe/işlerimize gitmek için her sabah aynı saatte aynı şeyleri yapanlar, devamlı ve de hep birlikte aynı inançla/şuurla/korkuyla yaşamaya hazırlananlar... Her birimiz, bu döngünün dışına çıkarsak hayatta kalamayacağımızdan adımız gibi eminiz. Döngünün içinde olmakla dışında olmak arasındaki farkı düşünmek için ne zamanımız var ne de cesaretimiz. Ama heyula gibi korkularımız var. O döngüden çıkacak olursak başımıza korkunç şeyler geleceğinden eminiz de muhteşem şeyler de olabileceğini aklımız almıyor.

O gün, evde uyandığım o son gün, ben birden o korkuyu duymaktan vazgeçiyorum.

Buzdolabından ayaküstü bir şeyler atıştırıyorum.

Çocuğun odasından başımı içeri uzatıp ona son bir kez bakıyorum.

Balkona dönüp kahvemi bitiriyorum.

Sigaramı söndürüyorum.

Cüzdanımı ve telefonumu almadan, üzerimde takım elbisem, cebimde sadece küçük bir defter ve bir kalem, işe gider gibi ama işe gitmemek üzere kapıyı çekip çıkıyorum.

Her şeyi terk ediyorum.

O hayatı terk ediyorum.

Kendimi terk ediyorum.

Daha önce defalarca arabayla, taksiyle, otobüsle, metroyla aştığım sokakları, caddeleri, bulvarları, kavşakları bu kez adım adım, yürüyerek geçiyorum. Yokuşlar iniyor, yokuşlar çıkıyorum. Mahalleler ve otobanlar ve mahalleler ve otobanlar arasına sıkışarak yayılmış şehrin içinde, kendi sıkışmışlığımdan sıyrılmak ve bambaşka bir hayata ya da ölüme, emin değilim, yayılmak üzere yürüyorum.

Bir an için olsun dönüp de arkama bakmıyorum. Önüme de bakmıyorum. Sadece ayaklarıma bakıyorum. Ayaklarım, şimdiki zamanım.

Geride kalanın ne olduğunu düşünesim yok. Önüme çıkacak olanın ne olduğunu da. Geçmişi ve sonrayı yok sayan zihnim sadece şimdiki zamanda.

Her şeye gerçekten sahip olabildiğim tek zaman. Benimle soluk alan, benimle var olan, benim olan tek zaman. Hep içinde durabildiğim, gerçekten ve gerçek halimle var olabildiğim şimdiki zaman, şu an. Geçmişin devamlı elimden kayıp gittiği ve geleceğin de olamayacak hayaller yalanında devamlı eriyip bittiği bir hayatı terk ettiğim anda varlığını iliklerime kadar hissettiğim o muhteşem zaman.

Şimdiki zamanın içinde nereye gideceğimi ya da nereden gittiğimi düşünmeden yürüyorum.

Geçtiğim yolların üzerinde çok eskiden yapılmış binalar, çok yeni zamanlarda yapılmış binalar ve daha bitmemiş binalar, o binaların içlerinde ve dışlarında zamanla ilişkisini ezberler üzerinden kuran ve o yüzden ne zamanı ne de kendilerini anlayabilen benim gibi insanlar var. Hepsinin yanlarından, içinden, geçmişinden ve geleceğinden geçerek yürüyorum. Denize doğru.

Nihayetinde şehrin en eski binalarını gören kıyıya varıyorum. Akşam olmak üzere.

Hava ılık. Tüm gün rüzgâr esmiş, gün batarken durmuş. Gün boyu ayaklar altında oradan oraya savrulan yapraklar, tozlar, kâğıtlar, çöpler, hepsi kalpsiz bir savaşın enkazı gibi öbek öbek köşelerde birikmiş. Onları tekmeleyip dağıta dağıta yürüyorum rıhtımda. İnsanlar işlerinden çıkmışlar, evlerine dönmüşler. Evlerine dönmeyenler lokantalarda, meyhanelerde, büfelerde birileriyle yemek yiyorlar, beyhude hayallerden bahsediyorlar, yaşadıkları hayatlardan yakınıyorlar, yarın tekrar işe gidecekleri için çok geç kalmadan eve dönmeyi planlıyorlar. Benden başka, yap denileni yapmayan ve yapma denilen her şeyi yapmak üzere olan kimse yok ortada.

Uzaktaki meyhanelerden gülüşme sesleri geliyor, kadeh vurmalar, nara atmalar. Bir kemancıyla darbukacı bağıra bağıra şarkı söylüyor. Kırık dökük bir tekne denizde süzülüyor. Bir vapur halat almış, suları köpürtüyor. Uzaklarda boğuk sesli bir köpek havlıyor. Ve ben kendi yazdığım acemi bir şiire benzeyen yeni bir hayatın içinde ilk kez özgürce dolaşıyorum.

Döneceğim bir işim ve evim, telaşla sağı solu arayıp beni bulmaya çalışan bir karım ve muhtemelen ömrümde bir daha hiç görmeyeceğim bir çocuğum, alt ve üst kat komşularım, yakın ve uzak akrabalarım, iyi ve kötü iş arkadaşlarım, bir geçmişim, fotoğraflarım, diplomalarım, heveslerim, ideallerim, planlarım, hayallerim, yani hiç ama hiçbir şeyim yokmuş gibiyim. Durup dururken, nedensizce, tüm bağlarından silkinivermiş, köklerini kendi kendine sökmüş, kendi iradesiyle toprağından kopmuş bir ağaca benziyorum. Ya devrileceğim ya da beklenmedik bir şekilde kanatlanıp uçacağım.

Sabah evden çıkmadan atıştırdıklarımın ardından bu saate kadar hiçbir şey yememişim. Su içmemişim. Kahve geçmemiş boğazımdan. Çay değmemiş dudaklarıma. Sadece sigara. Ağzımda acı bir tat. Gözlerim çapaklanmış. Ellerim kirlenmiş biraz. Pantolonum tozlu. Kravatım gevşek. Ceketimin cebinde sadece bir defter ve kalem. Tek mal varlığım. Son bir şiir yazarım belki diye. Sonra da istediğim anda öldürürüm kendimi, diyorum. Sokakta nasıl yaşayabileceğime, hiçbir şeyim olmadan hayatta nasıl kalabileceğime, alışkanlıklarım dışında bir hayatı nasıl sürdürebileceğime dair ufacık bir fikir yok zihnimde.

İşte tam o an, çatlak sesli bir kadın, "Hey, delikanlı!" diye bağırıyor arkamdan.

Dönüp bakıyorum, tekerlekli sandalyesini sanki bir kaykaymışçasına kullanan yaşlı bir dilenci, hızla üzerime doğru geliyor. Kınalı saçları kirden birbirine yapışmış. Ağzında sadece birkaç diş, üzerinde çiçekli bir elbise. Elbisenin yakasına gazoz kapağından bir broş takmış. Sol eliyle sigara içiyor, sağ eliyle sandalyesinin tekerleğini çeviriyor. Bir yandan da bağırıyor. Ne dediğini tam olarak duyamıyorum. Kelimeler bana yaklaştıkça netleşiyor.

"Dur! Kendini değil, Devran'ı öldür!" diye bağırıyor. Sonra da kahkahalar atıyor.

Efsun Abla'yı daha tanımıyorum. Ona âşık olacağımı daha bilmiyorum. Kendimizi terk ede ede şehri dolanacağımızı ve bir süre sonra her uykuya, ölüme yatar gibi birlikte yatacağımızı ve her sabah yeniden doğmuş gibi birlikte kalkacağımızı da bilmiyorum.

Kafam karmakarışık. Bağırarak ve kahkahalar atarak üzerime gelen bu kadının söylediklerini yarım yamalak anlıyorum.

Ama gözleri! Gözlerinde bir bakış var. Vahşi, çok vahşi. Bu bakışı ben nereden tanıyorum? Bir gün gelecek, "Şehir gibi bakıyorsun bana Efsun Abla," diyeceğim ona. "Beni tehdit mi ediyorsun, çok mu seviyorsun, anlaşılmıyor."

6

Kahvedeyiz. Buraya gelmek için uzun bir yol kat etmişiz. Tekerlekli sandalyesini ben itmişim, o beni bu kahveye çekmiş getirmiş. Adnan Abi bir çay koymuş önüme, "Hoş geldin aramıza delikanlı," demiş. Sonra sırtını dönmüş, kendi işine bakmış.

Ben Efsun Abla'ya yığınla soru sormuşum. Aldığım cevaplardan hiçbir şey anlamamışım. Bu kahvede yaşaması, dilenmek için kahveden o kadar uzak bir yere tekerlekli sandalyesinin çemberini çevire çevire bir başına gitmesi, hiç tanımadığı bir adamı peşine takıp buraya getirmesi ve sonra da pencerenin önüne geçip, sanki ben orada değilmişim gibi kendi kendine söylenerek sigara içmesi hazırlıksız yakalandığım tuhaf bir yaşam hazzıyla tanıştırmış beni.

"Senin işin ne Efsun Abla?" diye sormuşum, "Emekli orospuyum ben çocuğum," demiş, sonra da "Öğrendin rahatladın mı?" diyerek gülmüş.

Ben de gülmüşüm.

"Nereden tanıyorum seni ben Efsun Abla?" demişim.

"Kemalettin Tuğcu'dan," dedikten sonra kendisinden katbekat büyük bir kahkaha daha atmış.

"Üşüdünse yak sobayı."

"Üşümedim. Hava sıcak. Gece güzel. Çay lezzetli. Kahve kasvetli. Neden geldik buraya?"

"Sen ölme diye. Dedim ya illa bir cinayet işleyesin varsa bir adam var ölmesi gereken. Onu öldür. Sen de rahatla, ben de rahatlayayım."

Bir kahkaha da ben patlatmışım.

"Sen rahatlarsın tabii de ben nasıl rahatlayacağım o adamı öldürüp?"

"Hani ölecektin sen? Bak çay içiyorsun burada. Şaka yapıyorsun. Yarın sevişirsin belki. Öbür gün yolculuk yaparsın. Bakarsın piyangodan para bile çıkar sana? Zaten hayat çok kısa, salak olmak lazım kendini öldürmek için!"

"Ben salağım tamam da? Peki sen? Sen bu halinle nasıl bu kadar mutlu ve neşeli olabiliyorsun Efsun Abla?"

"Ne varmış halimde?"

"Bacakların," demişim.

"Bacaklarım?" demiş.

Küçücük kadının dizlerinin tam altında devasa bir boşluk.

"Ben kestim onları. İçtim içtim, kafayı iyi ettim, sonra kestim testereyle. Bağıra bağıra, kendime küfürler ede ede. Ayıla bayıla acıdan. Kestim ikisini de."

"Neden yaptın ki böyle bir şey?"

"Fazlaydılar."

"Sana mı fazlaydılar?"

"Bana, sana, bu dünyaya... Değmezdi o iki bacakla yaşamaya. Kendimi öldüreceğime, kestim ben de bacakları. Kurtulduk. Hem bacaklar, hem ben, hem de dünya."

Hop bir çay daha.

O gün bugündür bu kahvedeyiz Efsun Abla'yla. Yıkıldı yıkılacak bir binanın altında. Yıkıldı yıkılacak bir dünyamız var. Yıkıldı yıkılacak bir neşemiz. Biz diye bir şey var burada, bizim diye bir şey. Aslında hiç hazır değildim ben buna.

Kendi yalnızlığıma hatta yokluğuma doğru yola çıkmıştım. Bir düzenden, bir işten, bir aileden bir anda vazgeçebilecek ve denize atlayarak kendimi bu şehre kurban edebilecek kadar olgundum. Tam, biz diye bir şey olmadığına ikna olmuş, bir başıma kendi canıma kastetmeye koyulmuşken, birden kendimi burada buldum. Toylaştım. Hayata bambaşka bir yerden yeniden başladım. Daha ölemeyeceğim sanki.

Artık bir gökdelenin otuz beşinci katında çalışmıyorum, şehrin dibindeyim, sur kapısında dikiliyorum. Başımda kirden rengi belirsizleşmiş bir bere, üzerimde iyice yıpranmış aynı takım elbise. Daracık kapıdan geçen arabalara sağ yap, sol yap, yavaşla, doğru git, geç, dur, yol ver, aman dikkat deyip duruyorum. Üç arabadan birinin camı muhakkak açılıyor. Avcuma üç-beş kuruş muhakkak bırakılıyor. Paraları ceketimin cebine koyuyorum. Akşam kahveye giderken yiyecek bir şeyler alıyorum. Bana, Efsun Abla'ya ve Adnan Abi'ye.

Eğer biraz para artarsa, kahvenin bir köşesinde duran naylon bir çantam var, hepsini dibinde sakladığım zarfa koyuyorum. Biriksin. Belki bir gün ev tutarız. Ben, Efsun Abla, Adnan Abi. Adnan Abi'yle ben masalara yaslanıp uyumaktan, Efsun Abla tekerlekli sandalyesinde sızmaktan kurtulur. Odalarımız olur. Odalarımızda yataklarımız. Üzerlerimizde yorganlarımız. Bir banyomuz olur. Kendimize ait bir pencereden bakarız dışarı. Kendimize ait bir kapıdan gireriz içeri.

Bir lira... üç lira... beş lira... bir lira... on lira... yüz lira.

Bu işi Devran'dan devraldım ben.

7

Devran. Efsun Abla'yı sokağa atan adam. Öldü. Cesedi parçalara ayırılıp köpeklere yedirildi.

Devran. Efsun Abla'yı sokağa atan adam. Öldürdüler. Cesedini parçalara ayırıp köpeklere yedirdiler.

Devran. Efsun Abla'yı sokağa atan adam. Öldürdüm. Cesedini parçalara ayırıp köpeklere yedirdim.

Ben kimim?

Bir zamanlar bir evi, bir çocuğu, bir karısı, bir işi olan, iyi bir vatandaş, akıllı bir insan, güvenilir bir erkek olarak yaşayan Musa değilim. Ben artık âşık olduğu kaçık bir kadının aklına uyup, hiç tanımadığı bir adamı öldürebilecek kadar şairim.

"Aferin lan," diyor Efsun Abla. "Kedi olalı bir fare tuttun."

Kedi olalı bir fare tuttum.

"Kimseye söyleme bu yaptığımı Efsun Abla."

"Neden lan, herkese söyle. Şanın olur. Kim düşecek o pezevengin peşine. Polis bile madalya takar senin yaptığını bilse."

"Yine de... cinayet iyi bir şey değil Efsun Abla."

"Cinayet değil temizlik bu Musa."

Âşığım ben bu kadına. Onun için her şeyi yaparım. Gençliğinde şair olma hayalleri kurarken kendisini bir şirketin muhasebesinde para hesapları yapar bulan ve hayatını çocuğunu büyütmeye, karısını memnun etmeye, işini kaybetmemeye, kirasını ödemeye, kredi kartında borç biriktirmemeye, hafta sonları arada maçlara gitmeye, yılda sadece bir kere, aileden kalan devremülkte tatil yapmaya, düzenli olarak milli piyango bileti almaya, arada arkadaşlarıyla bira içmeye adayan ve dünyaya avcundaki telefonunun ekranından bakmayı olağan sanan bir adamken, "Artık sadece şairim ben," derim. "Sadece şairim ve tüm hayat bir şiir."

Sonra aklımda türlü kelimeler, türlü cümleler, sur kapısında durup, gelip geçen arabalardan para alırım. O gün kazandığım para akşam kahveye yemek götürmeye yetmezse markete girip salam çalarım. O gün kazandığım para yemek aldıktan sonra artarsa kuruşuna dokunmam, çantamın dibine, şiirlerimi yazdığım defterin içindeki zarfa istiflerim.

Âşığım ben bu kadına. Öl dese ölürüm. Öldür dese öldürürüm. Ölme dedi, ölmedim. Öldür dedi, öldürdüm.

8

"Nesine âşıksın sen bu kadının?" diyor Adnan Abi.

Dışarıda kar yağıyor. Hava buz gibi soğuk. Efsun Abla tekerlekli sandalyesiyle kahvenin önüne çıkmış, üzerinde incecik çiçekli elbisesi, boynunda kalın bir kaşkol, sigara içiyor. Sobanın sıcağından buğulanmış camdan görünen silueti, gerçek bir büyü gibi dışarıdan içeriye sızıyor. Tam olarak görmesem de biliyorum, şu anda Greklere has sivri burnunun daracık kanatlarından asabi nefesler alıp veriyor; uçları kınalı, dipleri gri saçlarını düzgünce örmüş, sağ omzundan göğsünün üzerine atmış. Saçları göğsündeki yara izine değiyor. Devran onu kasıklarından bıçaklamış bir zamanlar. O da bıçağı elinden alıp kendi kalbine saplamaya çalışmış. Becerememiş. Sekiz dikiş atmışlar. Devran çabuk iyileşsin diye yarasını günler boyu bir köpeğin yavrusunu yalaması gibi yalamış. Bence Devran da ona fena âşıkmış. Devran da ona kar yağarken buğulu bir pencerenin ardından uzun uzun bakmış. Devran da bu yaşlı, bu cılız, bu tuhaf kadına bir ömür tapmış. Bence.

"Ama hep erkeklere satmış onu."

İnsan sevdiğini bazen ne yapacağını bilemez Adnan Abi. Erkeklere satar. Kasıklarına bıçak saplar. Beynine kurşun sıkar. Onu betona gömer. Aşkla şiddet bazen aynı şeydir. O yüzden de ikisi de çok tehlikeli. Kimi neden sevdiğimizi bilemediğimiz gibi kimi neden öldürdüğümüzü de bilemeyiz Adnan Abi.

"Sen Devran'ı neden öldürdün?"

Ben Devran'ı neden öldürdüm?

Benim çok sevdiğim kadın onu ölsün isteyecek kadar umursuyor diye. Efsun Abla'nın umursayacağı bir şey kalmasın diye. Nefret ettiğin eski sevgiliyle hesaplaşma umudu da aşkın bir halidir, o hal sürmesin, o halden eser kalmasın diye. Kendimi hâlâ öldüremedim diye. Belki bir de, birini öldürmek nasıl bir şeydir, onu merak ettim diye.

9

Efsun Abla'yla sevişiyoruz sonunda. Surlarda. Ben sarhoş, o sarhoş. Sonra birer sigara yakıyoruz. Gecenin ayazını yemiş buz gibi nemli taşlara yan yana yatıyoruz.

Efsun Abla, "Bacaklarım yeniden çıksa ya," diyor sigaradan bir nefes çekip.

Tek kelime etmiyorum, derin bir nefes verip.

"Şu üzerine sırtüstü uzandığımız koca koca taşlar var ya," diyor Efsun Abla, "hep köleler taşımış bunları buraya. Bütün eski şehirlerin surlarını köleler yapmış. Sırtlarında kırbaç izleri, ayak tabanlarında, ellerinde yaralar. At gibi vururlarmış sakatlanan köleleri. Kölelerin kalbi inşa ettikleri şehre hep derin bir nefretle dolarmış. O yüzden bu dünyada mutlu şehir yoktur Musa."

"Yoktur Efsun Abla."

"Terk edelim mi bu şehri Musa?"

"Edemem Efsun Abla."

"Musa? Bacaklarım yeniden çıksa ya?"

İşte o gecede buluyoruz bebeği surlarda, seviştikten hemen sonra. Tam sigaraları yakmış, yıldızlara bakmış, tam birbirimizi asla terk etmeyeceğimizi ve bu şehirden de hiçbir yere gitmeyeceğimizi düşünmüşken, merdivenlerin dibindeki çöplükten bir bebek ağlaması...

"Sen de duydun mu?"

"Bebek?"

"Ağlıyor?"

Ayağa kalkıyorum. Hâlâ sırtüstü yatan ve sigarasından derin bir nefes çekmekle meşgul olan Efsun Abla'nın çiçekli elbisesinin beline kadar sıyrılmış eteğini düzeltip onu kucaklıyorum. Kollarımda kuş kadar hafif Efsun Abla, koşar adımlarla merdivenlerden aşağıya iniyorum.

Sesin geldiği yere vardığımızda hemen görüyoruz onu. Yırtık pırtık bir battaniyeye sarılıp çöp bidonlarının arasına bırakılmış minicik bir bebek. Bebeğe doğru eğiliyorum. Efsun Abla hâlâ kucağımda. Efsun Abla kollarını uzatıyor, kuştan da hafif bebeği yerden alıp kucaklıyor ve yüzüne eğilip sevinçle fısıldıyor.

"Matruşka koyalım adını."

"Matruşka koyalım."

Ben, Efsun Abla, Matruşka, kucak kucağa kalakalıyoruz bir an dünyanın tam ortasında.

O an sadece dünya değil tüm evren fırıl fırıl dönüyor. Bayılsak bayılırız. Kanatlansak uçarız. Aklımızı başımıza toplasak, bebeği orada bırakıp hemen kaçarız. Ama toplamıyoruz. Aklımız dağınık. Kalbimiz her şeye açık.

"Polise mi gitsek?"

"Hastaneye mi gitsek?"

"Bu şehri terk mi etsek?"

Bu bebek bizim.

Bizim mi?

Bizim.

Kahveye gidiyoruz. Adnan Abi'nin yanına.

"Dolapta süt var mı Adnan Abi?"

Onun da bizden gram farkı yok. Aklı bir karış havada. Kalbi hep elinde. Telaşlanıyor. "Ne sütü be, bebek maması lazım buna. Gidin bir yerlerden bulup gelin. Ben de sobaya odun atayım. Bebeğe tahta sandalyelerin arasına ipten bir beşik yapayım. Kahvede büyüsün piç."

Büyür mü büyür.

Kahve bir kara delik. Hafızasını yitiren Adnan Abi bu kahvede kendine yeni bir hayat kurdu. Kimliksiz yaşıyor. Efsun Abla'nın tekerlekli sandalyesi hep pencerenin önünde, geceleri onun üzerinde uyuyor. Ben sobanın yanında tahta masada şiirler yazıyorum, kimseler basmıyor. Ayağımızın altında bir çocuk büyüse fena mı olur?

Çocuk büyür mü bu kahvede?

Matruşka, Efsun Abla'nın buruşuk memelerini boş boş emerken, "Büyürüm," der gibi bakıyor bize. Büyür tabii. Hem de onu çöpe atan anne babasının yanında yaşayacağı hayattan daha kral bir hayat yaşayarak büyür. Prensesi olur kahvenin.

Ev için biriktirdiklerimin içinden biraz para alıp nöbetçi eczaneye koşuyorum. Efsun Abla arkamdan bağırıyor. "Bebek beziyle biberon da lazım buna."

Döndüğümde, "Asıl kimlik lazım buna Musa," diyor Efsun Abla. "Yoksa alırlar bizden. Ne dersin, ben doğurdum diye gideyim mi sağlık ocağına?"

Adnan Abi kükrüyor.

"Saçmalama kadın. Sen kim çocuk doğurmak kim?"

"Ben kim?"

"Yani bu yaşta olmaz ya çocuk. Senden hemen alırlar bebeği, yetimhaneye verirler."

"Vermem Matruşka'mı ben artık kimseye!"

"O zaman Hülya'ya soracağız..."

10

Hülya.

Kahvenin üzerindeki apartmanın çatı katında yaşıyor. Uyuşturucu alabilmek için önüne gelenle yatıyor. Gencecik, cılız bir şey. Kafasını yerden kaldırmadan yürüyor. Selamları fısıltıyla verip alıyor. Geceleri eve başka başka adamlarla girip çıkıyor. Bazen kahveye gelip bir çay söylüyor, elinde bir cigara, masada sızıp kalıyor.

"Bebek mebek bakamaz o kaltak," diye sinirleniyor Efsun Abla. Kıskanıyor kızı. Benden mi? Belki. Hayattan da kıskanıyor olabilir. Genç olmasını, bacaklarının olmasını ve gençliğini de bacaklarını da umursamamasını kıskanıyor olabilir.

"Ona vermeyeceğiz ki, sadece kâğıt üzerinde onun görünecek."

Efsun Abla kucağında uyuyan bebeğe bakıyor.

"Matruşka'yı kaybedersen öldürürüm seni," diyor.

Öldürür. Âşık olduğu erkek onu artık erkeklere satmasın, kendisine saklasın diye bacaklarını kesen bir kadın, çöpte bulduğu ve boş memeleriyle emzirdiği bebeğini elinden alan kim olursa olsun, acımaz öldürür. Söz Efsun Abla, o bebeği senin elinden kimse alamayacak, söz.

Matruşka kara kuru bir bebek. Ne güzel ne de sevimli. Ölümle kalım arasında sıkışmış, yaşayıp yaşamayacağı belirsiz zavallı bir can.

"Çok güzel bir kız değil mi?" diyor Efsun Abla bebek mamasını çay kaşığıyla sabinin ağzına tıkmaya çalışırken.

"Değil Efsun Abla. Bebek güzel falan değil. Ama sen çok güzelsin," demiyorum.

Matruşka o an kaka yapıyor altına.

"Lan yediğini ânında sıçıyor bu," diyor Adnan Abi. "Yol kısa tabii."

O an hepimiz eski bir Türk filmindeyiz. Kahve leş gibi bebek boku kokuyor, biz hayvan gibi anırarak gülmeye başlıyoruz. Sanki hızla mutlu bir sona doğru yaklaşıyoruz.

Matruşka, bebeğimiz, içimiz, küçüğümüz. Hülya alsın şunu işte nüfusuna.

11

Hülya ile birlikte nüfus müdürlüğündeyiz. Matruşka da kucağımızda.

"Babası sen misin?" diye soruyor bankonun ardındaki suratsız adam.

"Yok," diyorum, Hülya'ya bakıyorum, tek kelime edesi yok, yere bakıp susuyor.

"Babasını bilmiyoruz," diyorum. Hülya hâlâ sessiz. Sanki "Benim," demediğim için biraz kırgın ama kırgınlıklarını dile getirmeyen türden, ölümüne ketum.

"Baba hanesi boş kalacak."

"Kalsın."

"Doğum raporu?"

"Yok, evde doğurdu."

"Evde mi doğurdun?"

"Evde doğurdum."

"Sebep?"

"Sebep derken?"

Hülya şaşkın. Ne cevap vereceğini bilemiyor. Adam gittikçe daha yüksek perdeden bizi azarlamaya devam ediyor.

"Ne malum çocuğu çalmadığınız. Belgesiz kayıt olmaz. Öyle çocuğu kapan, 'Bu benim,' diyerek kafasına göre nüfusuna geçiremez. Git belgeni getir!"

Ben, "Yok belge işte, evde doğurdu kız. Kaptık geldik. Ne belgesi? Çıkar nüfus kâğıdını gidelim. Uğraştırma bizi şu halde, baksana kız perişan," diye alçak perdeden söylenirken Hülya, o âna kadar hep yere doğru eğdiği kafasını hışımla kaldırıyor. O âna kadar sönük olan bakışları birden şimşek gibi parlıyor. O âna kadar fısıltıdan öte çıkmayan sesi desibellerce patlıyor.

"Sana ne lan, sana ne! Anam mısın babam mısın? Sana hesap mı vereceğim? Zaten bir başıma doğurmuşum. Zaten herif çekmiş gitmiş. Zaten beş param yok. Zaten konu komşu yardım etmese açlıktan öleceğiz şu el kadar bebeyle... Sana ne lan, sana ne! Nedense neden. Evde doğurduysam doğurdum. Hesap mı vereceğim sana mal!"

"Dur," diyorum Hülya'ya. "Sakin. Sütün kesilir sonra. Memur bey halledecek hemen."

Sakin oluyor Hülya. Hemen oluyor. Memurla göz göze geliyoruz. "Durumu çok zor," der gibi bakıyorum. "Anladım," der gibi bakıyor. Hızla yapıyor işlemleri. "Adı neden Matruşka?" diye bile sormuyor. Bulaşmıyor Hülya'ya. Hülya hiç durmadan hıçkıra hıçkıra ağlıyor. Bebek kucağında melek gibi uyurken o tir tir titriyor. Sanki bebek Hülya'yı doğurmuş da susturamıyormuş gibi arada gözlerini açıp kızın yüzüne hüzünle bakıyor.

Sonunda adam elimize bir kâğıt tutuşturuyor. Matruşka'nın kimliği bir hafta içinde adresimizde...

Nüfus müdürlüğünden çıkıyoruz. Hülya'nın ağlaması bitmiş, hıçkırıkları dinmiş, sadece burnundan biraz sümük akıyor ve Hülya yine yere yere bakıyor.

"Gerçekten sinirlendin mi sen adamın sorusuna?"

Başını yerden kaldırmadan, "Yok," diyor o tanıdık fısıltıyla. "Başka bir şey daha soramasın diye cazgırlık yaptım." Bebeği kucağıma veriyor. "Sen tut bunu. Ben sevmem çocuk." Ben sever miyim?

"Bu şehri terk edeceğim ben," diyor sonra.

"Nereye gideceksin?"

"Kendimi öldüreceğim."

"Buna şehri terk etmek denmez."

"Ben derim."

"Ama artık bir çocuğun var, onu bırakamazsın?"

"Şaka mısın nesin? Çöpte bulduğunuz bir kız! Neden aldınız ki onu oradan? Hayatını mı kurtardığınızı sanıyorsunuz? Sıçtınız kızın hayatının içine. Ne güzel ölecekti orada."

Anladım. Bu şehri terk edecek Hülya. Şehri terk etmeye zavallı, küçük bir bebekten başlıyor. Onun yaşama olasılığında terk ediyor şehri. Başına geleceklerde terk ediyor.

"Ben bir çöplüğe doğdum. Bak sizle birlikte bir çöplükte de ölüyorum," diyor. Kahvemize, mahallemize, halimize çöplük diyor. Bizim hayatımıza çöplük diyor. Sinirleniyorum.

"Neden o kadar cazgırlık yaptın öyleyse nüfusta? Neden çocuğun kimliği çıkabilsin diye o pısırık sesini yükselttin?"

"Efsun Abla ölsün mü üzüntüden? Yeterince üzülmüş zaten."

Hemen geçiyor sinirim.

Yok, Efsun Abla ölmesin üzüntüden ama sen de ölme Hülya. Bu şehri terk etme. Bekle, o bizi terk etsin. Yiyorsa gözü, bizden o vazgeçsin.

Öpüyorum Hülya'yı dudaklarından.

Bir anda içimi derin bir huzur kaplıyor, sanki önümde sisli bir gelecek, ardımda kapkaranlık bir geçmiş yokmuş gibi. Hülya huzurlu, sanki geçmişinde büyük bir yıkım, geleceğinde dev bir boşluk yokmuş gibi. Matruşka kucağımda mutlu, sanki çöpte bulunmamış, sanki bir kahvehane köşesinde sokak insanlarının arasında büyümeyecekmiş, sanki bu şehir onu çok sevecekmiş gibi.

Bir çocuğu bir şehre sevdirmek, bir şehri bir çocuğa sevdirmekten neden daha zor?

12

"Bir şehir deme şair, bu şehir de!"

Efsun Abla ne kadar kibirliyse, Adnan Abi de o kadar müşfik.

"Bu şehir kimseyi sevmez. Sen ki şiir yazıyorsun, bunu nasıl bilmiyorsun?"

Adnan Abi'yle Efsun Abla çok tuhaf konuşuyorlar. Sanki onların cümlelerini de ben kuruyorum. O kadar tanıdık, o kadar şiirsel. Herkesle mi böyle konuşuyorlar yoksa sadece benimle konuşurken mi böyleler emin değilim. Sanki kimselere söylemedikleri şeyleri bana söylüyor, daha önce hiç kurmadıkları cümleleri bana kuruyor, hiç kullanmadıkları kelimeleri benim için özenle bulup çıkarıyor gibiler.

Bana ait bir dili sadece benim için yeniden kuruyor olabilirler.

"Nasıl da cenk eder gibi seviştik surlarda seninle o gece?" dedi geçen gün Efsun Abla.

Surlarda cenk eder gibi sevişmek...

Ben, aşkın savaşını verdim surlarda derdim, o cenk eder gibi sevişmek diyor. Her kelimesinde, her cümlesinde beni başka bir dilden yeniden doğuruyor.

Bazen kuşkuya düşüyorum, belki de evi hiç terk etmedim ben. Şu anda hava daha aydınlanmadı ve ben balkonda sigarayla kahve içiyorum. Efsun Abla'yı, Adnan Abi'yi, Hülya'yı ve hatta Matruşka'yı bir kahve içimlik zamanda, gözlerimi kapattığım bir anda, rüyada görüyorum. Az sonra gözlerimi açacağım, sigaramı söndürüp mutfağa gireceğim, kahve fincanımı evyeye bırakıp sokak kapısını açacak, işe gideceğim.

Bazen de eski hayatım bir rüyaymış gibi geliyor. Sanki hep Efsun Abla'ylaymışım gibi. Onun eteklerinin dibinde büyümüşüm, başına gelen her şeye şahit olmuşum, onu o korkunç hayattan ben çekip çıkarmışım, bu kahveye saklamışım.

13

Korktuğumuz haber geliyor. Mahalledeki bütün binalar yıkılacak.

Bizim kahve de mi?

Bizim kahve de.

Kahve yıkılırsa biz de yıkılırız.

Gerçekten yıkılır mıyız?

"Daha ne kadar yıkılabiliriz!" diyor Efsun Abla. Baksana şu halimize! Biz zaten yıkılıyoruz!"

"Doğru, beni yaşadığım eski hayatım yıktı," diyorum.

"Ama sen kendini burada yeniden kurdun," diyor Efsun Abla.

"Ben evdeki düzeni yıktım, o düzen muhtemelen arkamdan yeniden kuruldu."

"Ben senin kendini öldürme hayallerini yıktım," diyor bu kez Efsun Abla. "Ve sana bir başkasını öldürme hayali kurdurttum."

"Adnan Abi hafızanın saltanatını yıktı," diyorum. "Unutmanın tahtını kurdu."

Efsun kahkahalarla devam ediyor oyuna.

"Hülya uyuşturucu bulamadığı zamanlar hep yerlere yıkılıyor!"

"Matruşka, çöpe atılan, kimsesiz bebeğimiz, terk edilmiş kızımız, tüm sorumluluğu bizim üzerimize yıkıldı!"

"Onu büyütmeyi düşündüğümüz mahalle tepemize yıkılıyor!"

"Şehir hep yıkılıyor!"

"Devlet hep yıkılıyor!"

Adnan Abi, "Susun artık!" diye bağırıyor bize. Bizi susturduktan sonra kendi üslubunda bir yıkım tiradı dökülüyor dudaklarından.

"Sistem içine içine devamlı çöküyor. Yeryüzünde gördüğümüz her şeyin temelinde bir enkaz. Tüm medeniyetler kendilerinden önce yıkılmış başka medeniyetlerin üzerine kurulu. Geçmişin kaderi gelecekte mütemadiyen tekrarlanıyor. İnsanlar baştan beri yeni şehirlerini hep yıkılmış eski şehirlerin üzerine kuruyor. O yüzden en modern yapının bile hücrelerinde yıkılmış eski bir yapının izi var. Yara gibi. İnsan, o yaraların ıslaklığında yaşayan parazittir. Hayal kırıklıklarıyla geleceğe dair umutlarının birbirine göbekten bağlı olmasını umursamadan, yenenle yenilenin aynı şey olduğunu kaale almadan, çökmüş hayatların üzerine çöke çöke kurduğu yeni hayatları kutsamak için uydurduğu metinlere tapa tapa geldiği şu medeniyet noktasında, tarihin asalağı olarak var olmaktan başka seçeneği yoktur."

"Oha! Sen eskiden profesör müydün acaba Adnan?" diyor Efsun Abla.

Adnan Abi koyu bir çay koyuyor Efsun Abla'nın önüne.

"Artık sus da çayını iç," diyor.

Bana da, "Kahve yıkılınca nereye gideceğimizi düşünmeye başlasan iyi olur şair," diyor.

Ve ben düşünmeye başlıyorum.

Nereye gideceğiz? Nerede yaşayacağız? Matruşka'yı nasıl saklayacağız? Biz nereye saklanacağız?

Sokakta hayat hep tehlikeli. Hülya üç günde bir, morarmış gözle ya da patlak bir dudakla geliyor işten. Bazen başı yarılıyor, bazen kolu bacağı kırılıyor. Öyle zamanlarda yukarı çıkmayıp bir süre kahvede saklanıyor. Peşinde hep kötü adamlar.

Adnan Abi sabah erkenden Matruşka'yı kucağına alıp sinyale çıkıyor. "Kızım doğururken öldü, torunumu yurda veremem, kendim bakıyorum, işsizim, n'olur bir bez parası," diye diye zengin söğüşlüyor. Efsun Abla tekerlekli sandalyeye mahkûm o cılız bedeniyle lokanta kapılarından içeri bakıp, "Açım," diye diye envaiçeşit yemek toplayıp getiriyor. İkisinin de dilendiği yerlerde hep başkalarının gözü var. Devamlı kovalanıyorlar, sokak hatta mahalle değiştirmek zorunda kalıyorlar. Geçenlerde Adnan Abi'yi fena dövmüş birileri. Efsun Abla'ya gelen tehditlerin bini bir para.

Gündüzleri bile sokakla zor baş ediyoruz. Geceleri sokakta kalırsak ne yaparız?

Hep ama hep kavgadayız. Olmadı birbirimize bağırıp duruyoruz. Gücümüzün yettiği insanları dövdüğümüz oluyor. Bazen onlar bize girişiyor. Kan revan içinde, hır güre bulanmış bir hayatımız var.

Hepimiz şiir gibi konuşuyor, hayvan gibi yaşıyoruz.

"Saçma sapan şeyler söyleme şair, adam olalı bir pezevengi öldürdün, hepsi bu. Ne kanı, ne şiddeti, ne suçu!"

İçimizde kavgayı en çok seven, en çok çıkaran Efsun Abla. Öfkesi hayati bir organı sanki. Bir an dinse, ölecekmiş gibi. Öfkelenmediği zamanlar, sarkastik bir havası var. Kendi öfkesini bastırırken bile, başkalarının öfkelerini köpürtmek ister gibi.

O yüzden Efsun Abla'yla yaşamak kavganın hiç bitmemesi demek.

"Efsun neyse de, asıl bizim şehirle kavgamız büyük."

"Kim başlattı bu kavgayı Adnan Abi?"

"Kavgayı bilmem de her şehri, kuran yıkar, onu bilirim."

İşte yine büyük bir laf daha. Hülya'nın eczaneden bebek için çaldığı mamalardan birini sobanın üzerinde ısıtırken ediyor bu lafı Adnan Abi.

Matruşka, Efsun Abla'nın kucağında gözlerini kırpıştıra kırpıştıra tavanı seyrederken. Efsun Abla artık var olmayan bir dilde Matruşka'ya ninni söylerken. Tuvaletin kapısı rüzgârdan gıcırdarken. Pencerenin önünden açlıktan sırtı midesine yapışmış bir köpek geçerken. Hülya bir kenarda torbacısıyla telefonda fısır fısır konuşurken.

Soruyorum Adnan Abi'ye...

"Kim kurmuştu ki bu şehri?"

"Garibanlar Musa. Her şehri garibanlar kurar. Başka bir şehirden kovulanlar. Yollara koyulanlar. Yollarda sevdiklerini yitirenler. Umutsuzluğa düşenler. Ölmek isteyip de bir türlü ölemeyenler. Sürünenler. Onlar kurarlar tüm şehirleri. Ve yine onlar yıkarlar. Garibanlar. Onlar bu şehri terk ederse filhakika yıkılır buralar."

Efsun Abla kucağında uyuyan bebeği unutup kendisinin bin katı bir kahkaha atıyor. O kadar yüksek sesle gülüyor ki kahvenin üzerindeki üç katlı kâgir bina dozerler üzerine gelmeden, kendiliğinden, şimdiden yıkılacakmış gibi sallanıyor. Ama bebek uyanmıyor.

"Amma atıyorsun be Adnan. Bu şehri ne biz kurduk ne biz yıkarız. Ama bak doğrudur, istersek terk ederiz. Şehir ne ki, her şeyi terk ederiz. Sen işte her şeyi terk etmişsin. Hatırlamıyorsun. Ben kesmişim boktan bacakları. Terk etmişim bedenimi. Bu şair adam öldürdü, adam! N'aptı? Terk etti masumiyetini. Ne oldu? Yıkıldı mı şehir? Yoo! Dimdik durdu. Doğurdu ulan şehir! Bize çocuk doğurdu!"

Dudaklarından öpüyorum Efsun Abla'yı. Sussun. Sussun da bebek huzurla uyusun. Bu perişan hayatımızın içinde uyusun da büyüsün. Büyüsün de görelim bakalım, terk mi ediyor bu şehri yoksa yıkıyor mu?

Sonra kuruyor mu bir yenisini?

14

Yaşadığımız yer yıkılacak. Buna itirazımız yok. Yıkılsın istiyoruz her şey ama yeniden kurulmasın. Yıkıntıların arasında yaşarız, o kolay da, yeni inşaatların arasında bize hiç yer yok, zor olan o.

"Şehir tükürüyor bizi," diyor Efsun Abla.

Şehir tükürüyor bizi. Bir şehrin tükürüğünde neler vardır diye konuşmaya başlıyoruz.

"Daha önce tükürdüklerini düşünelim," diyor Adnan Abi. Düşünüyoruz.

Kocaman imparatorlukları tükürmüş. Bir sürü savaş tükürmüş. İşgaller var tükürdüğü. Hainler var, kahramanlar var, casuslar ve komutanlar, imparatorlar, imparatoriçeler, sultanlar, padişahlar, azizler... Hepsini tükürmüş atmış. Bizi mi tükürmeyecek.

"Belki tükürmez de yutar bizi," diyor Efsun Abla kahkahalar atarak.

Hangisi kurtuluş bizim için, emin değilim. Tükürülmek mi yutulmak mı?

"Bir kurtuluş yok bize," diyor Hülya. "Biz hep tutsağız. Tükürülsek de yutulsak da değişmez bu."

Neyin tutsağıyız biz Hülya? Uyuşturucuyu diyorsan, ona tutsaklık denmez, yoldaşlık denir. Damarlarına batırdığın o iğneler, burnundan içine çektiğin o tozlar, dilinin altında patlayan o pullar, yuttuğun o haplar... Hiçbirine bağımlı değilsin sen. Onlardan güç alıyorsun. Onlar sayesinde ayakta kalıyorsun. Eğer onları kullanmasan kendini bulduğun ilk iple asacaksın. Geçtiğin ilk köprüden atacaksın. Becerebilsen her gece kendi yastığınla kendini boğacaksın. Senin onlardan vazgeçmen için önce bu lanet dünyanın tüm değerlerinden, inançlarından, ahlakından vazgeçmesi lazım. Doğrularını yeniden belirlemesi, iyilerini en baştan seçmesi, aferinlerini şu anda verdiklerine değil bambaşka şeylere vermesi gerek. Ancak o uyuşturucuları ve uyarıcıları ve unutturucuları ve oyalayıcıları ve dönüştürücüleri ve hayal kurdurucuları ve güldürücüleri ve hüzünlendiricileri ve fark ettiricileri kullanarak dayanabildiğin bir dünya yaratanların karşısında, sen bağımlı falan değilsin Hülya. Aksine bağımsızsın. Emirlerden, kanunlardan, yapay ahlaklardan bağımsızsın. Yaralı bir insanı, sokakların tehlikelerle dolu şefkatine gözünü kırpmadan terk edebilen bir düzende, bedenine zerk ettiğin onca zehirle, hâlâ ayakta durabildiğin ve belli etmesen de bir bebeği, bir deliyi hatta bir erkeği sevebildiğin için hepimizden daha güçlüsün.

"Öyle mi diyorsun Musa?"

"Öyle hissediyorum Hülya."

"Belki bırakırım bir gün hepsini?"

"Belki bırakırım bir gün sizi?"

"Belki bırakırım bir gün kendimi?"

"İşiniz gücünüz dram," diyor Efsun.

İşimiz gücümüz dram gerçekten. Çünkü dram dediğin hayat Efsun Abla. Çöpe terk edilmiş bir bebeğin hikâyesini sen yazsan dram, ben yazsam dram da o bebek gerçekten çöpe terk edildiğinde onun alnına yazılan dram değil mi?

Ya da sen Efsun Abla, sen baştan sona dram değil misin? Doğduğun köy, büyüdüğün pavyon, düştüğün genelev, sevdiğin adamlar, tanık olduğun cinayetler, getirdiğin cinnetler, kestiğin bacaklar, dilendiğin sokaklar... Kim yazdı bunları? Tanrı mı?

"Hayat diyorsun hep dram, öyle mi şair?"

"Öyle Adnan Abi. Sen söyle, değilse değil de. Senden hafızanı alıp giden ve seni geçmişsiz, kimliksiz, anısız çırılçıplak ve yapayalnız bu şehrin ortasına terk eden o hayat bir komedidir diyebilir misin?"

"Ben derim şair. Hayat aslen bir komedidir!"

"Yapma Efsun Abla!"

"Yapacağım. Seni de inandıracağım buna. Yaşadıklarımız tamam dram olsun. Matruşka dramın içine doğsun. Benim bacaklar, senin şiirler, Hülya'nın kafa, Adnan'ın hafıza tamam hepsi ağır dram olsun ulan. Varım. Ama biz yine de yaşıyoruz. Yaşamaya inat ediyoruz. Hem de kendi bokumuzun içinde güle oynaya. Bu komedi değil de nedir şair?"

Yok, sana trajikomediden bahsetmeyeceğim Efsun Abla. Aslında acıklı olan bir hayata eğlenerek katlanmanın ya da kendini kandırmanın ne anlama geldiği üzerine laflar etmeyeceğim. Yanına geleceğim. Saçlarını öreceğim. Sen sigarandan bir nefes çekip yan gözle Hülya'ya bakacaksın. Hülya, görmüyormuş gibi yapıp Matruşka'yı sallayacak kucağında. Adnan Abi ona demli bir çay koyacak. Bana da bir ada çayı yapacak. Çocuğun yanında sigara içeceğiz hepimiz. Matruşka sigaralarımızdan çıkan dumanlara bakacak cin gibi. O dumanda kelebekler görecek, oyuncaklar, çiçekler... hep güzel şeyler.

Matruşka bizim sisli dünyamızda büyüyecek ve ne öğrenecekse hepsini o sisin içinde, bizden öğrenecek.

"Sence kime benzeyecek bu çocuk şair?"

"Bence şiire benzeyecek."

15

Kahvedeki son günlerimiz. Yakında pılımızı pırtımızı alıp bu mekânı terk ediyoruz. Zaten tam olarak ait olmadığımız ve asla bizim olmayan bu kahveden defolup gidiyoruz.

Dışarıda evleri yıkılacağı için ağlaşan insanlar var. Kendilerine gösterilen yeni mahallelere taşınmak istemiyorlar ama taşınacaklar. Devlet onlara ne derse, eninde sonunda onu yapacaklar.

Peki biz?

Bize bir şey diyen yok. Ne devlet ne belediye ne kahve sahibi. Burası yıkılacak ve biz gideceğiz. Nereye gideceğimiz kimsenin umurunda değil. Aslında bizim de umurumuzda değil. Kimsesizliğin bir anlamı da bizzat kimse olmamak. Hem kimsen yok hem de sen kimse değilsin. Büyük özgürlük.

Adnan Abi, "Bize gidecek bir yer bul şair," diyor.

Efsun Abla kızıyor ona. "Sokaklara gideriz," diyor sinirli sinirli. "Geldiğimiz yere."

Aslında haklı. Hepimiz sokağa aşinayız. Ben evi terk ettiğimde sokağa atmıştım kendimi. Efsun Abla sokakları sever. Hülya parasını sokakta kazanıyor. Adnan Abi kendisini sokakta buldu. Matruşka sokağa bırakıldı.

Hepimiz sokakların müşfik mizacından eminiz de kendimizden emin değiliz.

Başımızda bir çatı olmadan, kucağımızda bir çocukla, o sokaklarla yeniden baş edebilir miyiz?

"Ederiz evelallah," diyor Efsun Abla. "Biz her şeyle baş ederiz."

İçinde uyuduğumuz, konuştuğumuz, bir bebek büyütmeye çalıştığımız kahveye son kez bakıyorum. Yüzyıla varan ömründe savaşlar, isyanlar, göçler, yangınlar, işgaller, depremler kadar, bayramlar, doğumlar, şenlikler de gördüğünü biliyorum. Yaşlı bir insanın geçmişinde ne varsa, bu kahvenin geçmişinde de o var. Şehrin dağılışına da tanıklık etmiş, derlenip toplanışına da. Çok berduş ağırlamış. Çok suça karışmış. Çok canı yanmış. Çok can yakmış.

Şimdi yıkılacak. Koca bir mahalleyle birlikte toza toprağa karışacak. Ama umurunda değil. Ne bir hüzne bürünüyor ne de kederli görünüyor. Yıkılmaya, yok olmaya, toz olmaya dünden hazır gibi.

"Binalar, başlarına gelen her şeye, insanlardan farklı olarak, hep eyvallah der," diyorum.

"Ne var biz de eyvallah diyoruz şair, topluyoruz işte pılımızı pırtımızı, çekip gidiyoruz buralardan. Binadan neyimiz eksik?"

Adnan Abi insana değil binaya benzemek istiyor. Adnan Abi, başına ne gelirse gelsin hep dimdik durmak istiyor.

"Her şeyimiz tam Adnan. Hatta her şeyimiz fazla bu dünyaya. Eyvallah tabii Adnan. Sana da bana da."

Efsun Abla'yla Adnan Abi birbirlerinin dilinden çok iyi anlıyorlar. Başka dünyalardan gelip sığındıkları bu cehennemde tuhaf bir şekilde ikisi de aynı dili konuşuyor. Ben o dili çözmeye çalışırken kendimi keşfediyorum. İki berduşun dünyasında yeni bir anadil öğreniyorum. O dilin şiirine de zehrine de yakın bir hayatın içinde, içime doğru yeniden büyüyorum.

16

Bavullarımızı topluyoruz.

Bavul dediğim üçümüzünki de fermuarlı, plastik birer çanta. Benimkinin içinde biraz çamaşır ve giysi var. Bir gömlek, bir süveter ve iki çift çorapla fanila, don. Birkaç kitap ve defter. Bir de biriktirdiğim parayı sakladığım zarf.

Efsun Abla'nınkinde iki çiçekli elbise, bir de Matruşka'nın bezleri, zıbını, mamaları. Adnan Abi'nin hiçbir şeyi yok. Öyle üstündekilerle yaşıyor. Yenileri eline geçtikçe eskileri atıyor. Çantasında sahaftan alınmış yırtık pırtık üç-beş kitap, birkaç tane de eski püskü battaniye.

Hülya'nınki bizimkilerden farklı, o gerçek bir bavul taşıyor. İçi tıka basa giysi, ayakkabı, makyaj malzemesi dolu. Bavul kaderdir, ona inanıyor.

Gidiyoruz. Nereye bilmiyoruz. Hikâyemiz yeniden başlıyor. Biz dediğim Matruşka, Adnan Abi, Efsun Abla, Hülya ve ben. Daha önce hepimiz bir şeyleri tek başımıza terk etmişiz. Şimdi kahveyi, mahalleyi, darmadağınık da olsa mevcut bir düzeni hep birlikte terk ediyoruz.

Aslında iyi de oluyor. Ben zaten bir aileyi terk etmiştim. Arkamdan gelen olmamıştı. Ben bir işi terk etmiştim. Geri gel diyen olmamıştı. Ben bir cinayet işlemiştim. Kimse Devran nerede diye arayıp sormamıştı.

Devran. Cinayetiniz kaderinizdir.

Çantamı topladıktan sonra kahvede bir şey unuttuk mu diye ortalığı kolaçan ederken, bir an bir şeylerden kaçtığım duygusuna kapılıyorum. Sanki polisler peşimdeler ve eğer yakalarlarsa, yaka paça götürüp sonsuza kadar hapsedecekler. Onlara, Devran'ı öldürmekle kendimi öldürmenin aynı şey olduğunu asla kanıtlayamayacağım. "Devran'la ben birbirimize çok benziyoruz," diyemeyeceğim. "O da ortadan kayboldu, ben de. O da paramparça, ben de. Onun da peşine kimse düşmedi nerede diye, benim de. Gündüzleri sur kapısında, başında kasket, elinde parmaksız eldivenler, arabalardan para alan adam, geceleri kadın satan adam, yaşlı sevgilisini artık bacakları yok diye sokağa atan adam bir gün ortadan kaybolduğunda buna kimse nasıl şaşırmıyorsa; bir ailesi olan, düzenli işine gidip gelen, kendisinden iyi bir baba, sadık bir eş, çalışkan bir memur, sorumluluklarının bilincinde bir yurttaş, oyunu kullanan bir seçmen, vergisini ödeyen bir vatandaş, ne isteyip ne istemeyeceğini bilen bir insan olması beklenen biri birdenbire ortadan kaybolduğunda da, buna kimse şaşırmıyor. Her insan, gerçekten isterse, her yerden kolayca kayboluyor," demek isteyeceğim ama tek kelime etmeye bile fırsat bulamadan kelepçelenip götürüleceğim korkusu kalbimi sıkıştırıyor. Böyle karanlık düşüncelere kapılmam için ortada hiçbir neden yok ama yine de gitmek iyi. Cinayet mahallinden uzaklaşmak iyi. Kovalayan olmasa da kaçmak iyi.

Gidelim hadi. Terk edelim mahalleyi. Kaybolalım. Üzerimize yıkılan bu şehre inat, biz kendimizi yıkıp yıkıp yeniden kuralım.

Adnan Abi elinde çantası kapıda duruyor. "Hadi ben kaybolmaya çoktan hazırım," diyor. Daha önce kayboldu. Bir daha kaybolur. Kayboldukça kendisini bulur. Uyur, uyanır kaybolur. Güler, gülmesi diner kaybolur. Hüzünlenir, gözleri yaşlanır kaybolur. Dalgınlaşır, yok olur. Sonra her seferinde kendisini yeniden bulur. Kendisiyle yeniden tanışır. Kendisiyle yeniden barışır. Onu bozmaz kaybolmak.

Efsun Abla, kucağında Matruşka, defalarca kaybolmayı olgunlukla karşılıyor. "Hadi çıkalım buradan artık," diyor. "Kaybolalım. Ama birbirimizi kaybetmeyelim."

Yeterince kaybı var. Onlara bir yenisini daha eklemek istemiyor.

Kaybolmak ya da kaybolmamak, bavulunu alıp çoktan sokağa çıkmış olan Hülya'nın umurunda değil. Kendisini zaten kayıp sayıyor. Bizimle geliyor çünkü gidecek başka yeri yok. Arada bebeği kucağına alıyor çünkü nüfus kâğıdında anne hanesinde kendi adı yazıyor.

Matruşka anadilinden önce kaybolmayı öğreniyor.

Biz binadan çıkıyoruz, binaya dozerle dalıyorlar.

Kahveyi yıkıyorlar. Mahalleyi yıkıyorlar.

Altında kalıyor muyuz?

Kalıyoruz valla.

Matruşka, Adnan Abi, Efsun Abla, Hülya ve ben. Yıkılan her şeyin altında fena kalıyoruz.

Ama küllerimizden yeniden doğar mıyız?

Doğuyoruz; ne yalan söyleyeyim, ölüp ölüp doğuyoruz.

17

Bir bina yıkılıyor, bir mahalle yok oluyor, bir ülke çöküyor, bir dünya en başa, toz bulutuna dönüyor.

Ölümün doğuma, doğumun ölüme varan kadim çemberi, yanı başımızda, ardımızda, göğsümüzde, insanlığın bugüne dek yaşadığı ne kadar acı varsa tümünü kanırtarak ve bizim varlığımızı külliyen yok sayarak, bir kez daha tamamlanıyor.

"Amma abarttın şair," diyor Efsun Abla. "Alt tarafı bir bina yıkılıyor, bir mahalle yok oluyor, bir ülke çöküyor, bir dünya en başa, toz bulutuna dönüyor."

"Peki bizim varlığımız?"

"O bizim yokluğumuz," diyor Adnan Abi.

Önce uzun uzun, yokluğuna sahip çıkan bu adama bakıyorum. Sonra yokluğumuzu küçümseyen kadına. Arkama bakmaya cesaretim yok.

Ellerimizde çantalarımız, kucağımızda bir bebek, kocaman bir bavulu sürükleyerek ve eski püskü bir tekerlekli sandalyeyi itekleyerek kahveden uzaklaşıyoruz.

Biz kahveden uzaklaşırken, tarihöncesi zamanlardan kalma bir hayvanın hayallerimizde tanımlı hantallığında bir dozer, akıldan yoksun bir yaratık gibi bir binayı, bir mahalleyi, bir dünyayı yok etmek üzere paletlerinin üzerinde ağır ağır ilerleyerek yanımızdan geçip kahveye doğru ilerliyor. O yanımızdan geçerken esen rüzgâr akıllarımızı tarumar ediyor.

Nereye gideceğimizi, başımıza nelerin geleceğini bilmediğimiz bir boşlukta asılı kalan ruhumuz, ehlileşmesin, daha da vahşileşsin istiyoruz. Dişlerimizi sıkmışız, ellerimizi yumruk yapmışız, omuzlarımız düşmüş, gözlerimiz kararmış.

O karanlıkta sapsarı bir canavar, demir pençesini gökyüzüne kaldırıp yeryüzüne indire indire bir binayı, bir hayali, bir sığınağı, bir gerçeği, bir tarihi sanki daha önce hiç var olmamış gibi, bir daha da asla var olmasın diye yok ediyor.

Dönüp bakmıyoruz ama duyduğumuz seslerden anlıyoruz.

Bina daha ilk darbeyi alır almaz çökmeye başlıyor. Biz ilk darbeyi alır almaz çökmeye başlıyoruz. Binanın çatısı yıkılıyor. Dünyamız başımıza yıkılıyor. Pencereleri paramparça oluyor. Gözlerimiz kan çanağına dönüyor. Kapıları çöküyor. Omuzlarımıza taşıyamayacağımız kadar ağır bir yük biniyor. Tahtaları tuğlalarına karışıyor. Öfkemiz alnımızda ter olup dışarı fışkırıyor. Kahvemiz, mahallemiz, dünyamız, yurdumuz, yuvamız üzerine bir bomba düşmüş gibi yerden göğe doğru yükselen bir toz bulutuna dönüşüyor.

Biz yok oluyoruz, biz toz oluyoruz.

Tozlarımızdan yeniden doğmak üzere derin birer nefes alıyoruz. Yıkılan kahvenin de, mahallenin de, ülkenin de, dünyanın da canı cehenneme diyoruz.

18

Tam biz sırtımızı yıkılan kahveye, yok olan mahalleye dönmüşken, Hülya birden elindeki bavulu yere atıp binanın enkazına doğru koşmaya başlıyor.

Hepimiz onun evde çok önemli bir şey unuttuğunu düşünüyoruz. Para? Fotoğraf? Anısı olan bir kolye, yüzük, küpe? Kıymetli bir kitap? Bir defter? Bir... bir... bir şey unutmuş olmalı geride, o evde, o enkazda...

Hiçbirimiz ona dur demiyoruz, peşinden de gitmiyoruz. Unuttuğu her neyse artık molozların altında. Bulması imkânsız. Unutmayacaktı. Evi terk ederken kıymetlisi olan ne varsa yanına alacaktı. Yıkımlar hassasiyet gözetmezler. Dozerlerle hayatınıza girenler yana çekilmezseniz sizi de ezer geçerler. Hülya aslında bunu hepimizden daha iyi biliyor.

Uzaktan onu seyrediyoruz. Koşuyor, koşuyor, koşuyor. Enkazın tam yanına gelince duruyor. Toz bulutunun içinde incecik bir hayalet. Enkaza tükürüp ortalığa hedefi belirsiz okkalı bir küfür sallıyor.

Tekrar yanımıza döndüğünde ter içinde.

"Kime ettin sen o küfrü Hülya?"

"Gelmişimize geçmişimize Adnan Abi. Hepimize ettim. Bir mahalleyi koruyamadık. Bir evi ayakta tutamadık. Bir kahveyi kollayamadık. Kendimize hayrımız yok. Ne demeye bir de bebek taktık peşimize? Nereye gidiyoruz bu hiçbir boka yaramaz halimizle?

Hülya daha cümlesini bitirmeden Adnan Abi yere çöküyor. Başını ellerinin arasına alıp hıçkıra hıçkıra ağlamaya başlıyor.

"Ben nereden geldiğimi bilmiyorum ki nereye gideceğimizi bileyim."

Adnan Abi'yi üzdüğü için Hülya'ya kızgınım. Ne gerek vardı şimdi böyle şeyler söylemeye?

"Sen sus. Sen hiç konuşma," diyor Hülya yılan gibi kısık sesiyle. "Bizim asla sahip olamadığımız, olamayacağımız her şeyi terk etmiş, kendi isteğinle sokaklara düşmüşsün. Şimdi gelmiş bize şımarık şımarık laflar ediyorsun. Bir evim vardı düne kadar. İyi kötü bir ev. O kahve sizin evinizdi. Kimsenin gözüne batmadan yaşıyordunuz içinde. Saklanıyordunuz. Şimdi dımdızlak ortada kaldınız. Hiç mi öfkeniz yok buna!"

"Orospunun gencinde olur öfke," diyor Efsun Abla sakin sakin. "Yaşlan biraz, seninki de geçer."

Ben biraz sakinleşsin diye Hülya'ya sarılıyorum. Ben sarılınca Hülya hemen sakinleşiyor. Efsun Abla bize bakmıyor, gözlerini kapatmış, ağzının içinden bir şeyler mırıldanıyor. Adnan Abi başını arkaya çevirmiş, enkaza bakarak burnunu çekiyor. Matruşka'nın gözleri cin gibi, Efsun Abla'nın kucağında, yüzünde hep bir gülümseme, gökyüzüne bakıyor.

"Hadi gidelim buradan."

"Hadi gidelim."

"Nereye?"

"Parka."

Bir park insanı saklayabilir mi? Bir parkta yaşanabilir mi?

Hem bu şehrin parklarında tek başına yaşayan sokak insanlarının arasına usulca karışamayacak kadar kalabalığız hem de görünmez olamayacak kadar dikkat çekici. Efsun Abla'nın çiçekli elbisesi, Adnan Abi'nin iri cüssesi, Hülya'nın her durumda muhakkak abartılı boyadığı gözleri, kucağımızda Matruşka, benim elimde hep bir şiir defteri. Bir kahvede saklanabiliyor olmamız mucizeydi, bir parkta uzun süre hayatta kalmamız imkânsız.

Polislerden önce bekçiler çöker tepemize. "Kimsiniz siz?" derler bize. Adnan Abi onlara, "Siz kimsiniz!" der, yeriz dayağı, olay karakolda biter. Çocuğu alırlar elimizden, Adnan Abi'yi akıl hastanesine yatırırlar, Efsun Abla'yı Darülaceze'ye tıkarlar, Hülya'yı yerin dibine batırırlar.

"Dağılsak?" diyor Adnan Abi. "Herkes kendi yoluna gitse?"

Bir an hepimiz durup düşünüyoruz bu teklifi. Kendi yolumuzu. Kendimiz var mıyız ki bir yolumuz olsun?

Efsun Abla kucağında bebekle tek başına dilenebilir. Hülya tek başına karanlıklarda müşteri bekleyebilir. Adnan Abi bir kaldırıma tek başına çökebilir. Ben? Ben tek başıma ne yapabilirim? Tek başıma kalırsam ben kendimi hemen öldürürüm.

"Belki evine dönersin? O da kendini öldürmek sayılır."

Eğer sizinle karşılaşmasaydım, eğer Efsun Abla'ya kapılmasaydım, eğer Matruşka'nın sorumluluğunu almasaydım, eğer Adnan Abi olmasaydı, eğer sen de o kısık sesin ve kocaman gözlerinle kalbimi çalmasaydın, dönerdim belki. Ha bir de bir adam öldürmüş olmasaydım. Dönerdim. Ama artık dönecek bir yerim yok benim. Çünkü dönersem anlatacak bir hikâyem yok. Anlatacak hikâyesi olmadan terk ettiği yere dönemez insan. Ne anlatacağım evdekilere? Bir sabah öylesine çıktım evden ve dönmedim mi diyeceğim. Karımı ve çocuğumu ve işimi nedensiz yere terk ettim. Şehrin bambaşka bir köşesine gittim ve sokak insanlarının arasına karıştım, bir cinayet işledim, cesedi köpeklere yedirdim, kendimi de öldüremedim ve şimdi de eve döndüm mü diyeceğim. Ne anlamı var bu hikâyenin evdekiler için? Ya da bir anlamı varsa ben o anlamı taşıyabilir miyim? Arkasında durabilir miyim nedensiz gidişimin ve nedensiz dönüşümün?

Orada değilken yaşadıklarının anlamını açıklayabilmeli insan. İyi ya da kötü. Pişmanım diyebilmeli mesela. Ya da iyi ki gitmişim. Gidişinin nedenini açıklayabilmeli. Dönüşüne bir sebep bulabilmeli. Ben açıklayamam. İşlediğim cinayeti, Efsun Abla'yı, Matruşka'yı kimselere anlatamam. Ben kendim anlayabilmiş değilim daha ne yaptığımı, neden yaptığımı. Bu insanların arasında ne işim olduğunu.

Ben ne derim eve geri dönersem?

Gittim. Çünkü...

Döndüm. Çünkü...

Çünküler yok zihnimde. Geçmiş zaman kipi kayıp. Gidiyorum dedim gittim, dönüyorum dedim döndüm, diyerek yeniden katılamayacağım kadar katı kuralları olan bir dünyadan kaçıp geldim ben bu sınırsız boşluğa. Bu boşluk iyi. Bu yokluk muhteşem. Bu hiçlik büyüleyici. Hesap vermek zorunda olmadığım bir hayatın içinde, dünü de yarını da yok sayarak ve sadece şimdiki zamanda yaşayarak var olmanın büyüsünden çıkarsam, yüzleşeceklerime katlanamam.

Efsun Abla... Sen de bir şeyler söyle. Öyle değil mi?

"Kimse kimseden ayrılmıyor, kimse hiçbir yere geri dönmüyor," diyor Efsun Abla. "Bir bina yıkıldı diye dünyanın da tepemize yıkılması gerekmiyor. Buluruz başımızı sokacak bir yer. Bu şehir gediklerle dolu."

19

Üç gün oldu. Hâlâ gidecek bir yerimiz yok, altına gireceğimiz bir dam bulamadık. Parktayız. Ben, Adnan Abi ve Efsun Abla gün boyu birbirimizden uzaklaşıp dileniyoruz.

Matruşka'yı bazen Efsun Abla alıyor kucağına, bazen Adnan Abi. Bebek kimdeyse onun hasılatı hep daha yüksek. Ben küçük hırsızlıklar yapmaya başladım. Nerede bir karmaşa, nerede bir kaza hemen kalabalığın arasına karışıyorum. Yaralılara yardım eder gibi yapıp kimin cüzdanını aşırabilirsem aşırıyorum. Hülya battaniyesine iyice sarınıp öğlene kadar bankta uyuyor. Uyanınca süslenip, bir süre bankın etrafında müşteri bekliyor. Hava kararınca yakınlarımızdaki işlek caddelerin kaldırımlarına geçiyor. Arabalara, kamyonlara, tırlara, minibüslere binip binip gidiyor. Her seferinde bir daha geri gelmeyecek diye aklım gidiyor. Ama muhakkak dönüyor. Ne kazandıysa o gün diğerleri gibi bir miktarını bana veriyor. Ben de toplanan parayla yiyecek bir şeyler alıyorum. Parktaki köşemize çekiliyoruz. Ihlamur ağacının altındaki taşlığa. Altımızda kartonlar, üzerinde battaniyeler. Bir çember oluşturup dünyaya sırtımızı dönüyoruz. İçimiz o an ısınıyor. Bebeği o sıcaklıkta büyütüyoruz. Matruşka'nın altını değiştiriyoruz. Onu soğuktan, nemden, rüzgârdan koruyacak şekilde aramıza alıp sokak köpekleri gibi birbirimize yaslanarak uyuyoruz.

Yanımızdan geçen insanlar gece karanlığında ne gördüklerini tam olarak anlayamıyorlar. Köpek miyiz, çöp müyüz, kayıp mıyız, suçlu muyuz, deli miyiz, ölü müyüz...

"Yine şiire düştün şair," diyor Efsun Abla.

"Ben bir deliyim," diyor Adnan Abi.

Ben bir suçluyum.

Hülya çöp gibi hissediyor kendisini.

Efsun köpek gibi bakıyor hayata.

Matruşka daha hiçbir şeyin farkında değil. Ne bizim ne olduğumuzun ne de kendisinin ne olduğunun. Hepimiz kayıbız, dışlanmışız, istenmeyeniz, görünmeyeniz, umursanmayanız. Yanımızdan geçip giden insanlar için bazen vicdan azabı, bazen mide bulantısıyız.

"Sürüldük diye bir şiir yaz bize. Resmen sürüldük şehirden. Süprüntüyüz lan biz," deyip bir kahkaha atıyor Efsun Abla ve Matruşka'ya bir ninni söylemeye başlıyor. Yine artık kimsenin hatırlamadığı çok eski bir dilden kelimeler dökülüyor ağzından.

"Nereden öğrendin sen bu ninniyi?" diyorum.

"Kendim uydurdum şimdi," diyor. Ya yalan söylüyor ya da unuttuğu bir dil olduğunu kendisi de bilmiyor. Hepimizin genetik kodlarında unutulmuş yığınla dil olduğunu biliyor olmakla, o dillerden birini sokaklarda yaşayan yarı kaçık bir kadının ağzından duymak arasındaki farkı hissetmenin ağırlığı omuzlarıma çöküyor. Öldü sanılan ama ölmemiş olan ve ona rağmen yaşamayan bir dile benziyoruz biz de. Varız ama yokuz. Yokuz ama varız.

"Kayıp bir dile benziyoruz biz Efsun Abla," diyecek oluyorum, vazgeçiyorum. Bizim neye benzediğimiz hiçbirinin umurunda değil. Onlar, bizi bir şeye benzetme derdinde değiller. Kavramlarla duygular arasında bağlar kurmak akıllarına gelmiyor. Her şeyi olduğu gibi kabulleniyorlar. Olanla yetinmeyi biliyorlar. Anlık öfkeleniyor, anlık seviniyorlar. Şimdiki zamanın tadını benden daha iyi çıkarıyorlar. Sokak onlara bunu öğretmiş. Efsun Abla da bana bunu öğretiyor.

Adnan Abi, "Adil olmak gerekirse, sokaklarda kaybolan çoğu insandan daha şanslıyım ben," diyor. Efsun Abla'nın ona bakıp bakıp, "Belki de eskiden sen bir hâkimdin," demesine çok üzülüyor. Yüzü hemen yere düşüyor. Yargıyla ilgili bir işte otorite olmak, isteyeceği en son şey nedense. Sanki yanlış verilmiş çok önemli bir kararın sürgünü gibi, sanki o yanlış kararı zamanında kendisi vermiş gibi. Belki de hâkimdi gerçekten eskiden. Belki ben de suçluydum eskiden. Hülya kendisiyle ilgili tek kelime etmiyor. Sadece, "Matruşka sokakta yaşayamaz," diyor.

Sanki biz yaşayabilirmişiz gibi.

"Sokakta yaşamayacağız. Bir başka yer bulacağız," diyorum.

Bunu derken neye güveniyorum?

"Şansa güveniyorsun," diyor Efsun Abla. "Garibanlar şanslıdır."

Hülya dişlerinin arasından sessizce bir küfür savuruyor. O an korkunç bir rüzgârla birlikte büyük bir gürültü kopuyor. Kahvenin bitişiğindeki binayı da yıkıyorlar. Daha önce defalarca yanan, daha önce defalarca yıkılan, daha önce defalarca yerin dibine batan şehir kadim tarihinde bir kez daha amansız bir istilaya uğruyor.

Hülya, "Gidelim buradan," diyor. "Gidelim. Yıkım seslerini duymayacağımız bir yerde duralım. Çocuğun üzerine yıkacaklar mahalleyi. Çocuğu koruyamayacağız."

Çocuğu korumak.

Hiçbirimiz kendimizi koruyamamışız. Her birimizin başına gelmedik kalmamış. Sur dibinde, çöpün içinde bulduğumuz kimsesiz bir çocuğu sıkı sıkı kucaklamış, onu korumak istiyoruz. Neden?

Adnan Abi az önceki hüznünden sıyrılmış, "Bak şimdi," diyor yıkılan binaların gürültüsünü bastırmak için avaz avaz bağırarak. "Neden burada iki anlama birden geliyor. Bir niçin, yani ne münasebetle, ne haddimize gibi... İki neye karşı, hangi tehlikeden, hangi tehditten..."

"Saçma sapan konuşmayın," diye tıslıyor Hülya. "Çocuğu koruyamayız. Bitti artık. Bir kere doğdu. Artık hep tehlikede. Kıçımızı yırtsak da bu artık böyle."

Efsun Abla önce Hülya'ya ters ters bakıyor, sonra kucağındaki Matruşka'ya, ardından bebeği usulca Hülya'ya uzatıyor.

"Tut şunu. Biraz da senin kucağında korunmasız dursun. Ne de olsa ana diye senin adın yazıyor kafa kâğıdında."

20

Park gelip geçenler için başka bir yer, bizim için başka. Evlerinden çıkıp bu parka gelenler, parkın içinden hızlı hızlı yürüyerek geçenler, balık tutanlar, el ele tutuşanlar, sarmaş dolaş dolananlar, öpüşüp koklaşanlar, kitap okuyanlar, top sektirenler, çocuklarıyla uçurtma uçuranlar, onları kaydıraktan kaydıranlar, salıncakta sallayanlar, telefonla konuşanlar, elleri ceplerinde aylaklık yapanlar, çekirdek çitleyenler, fotoğraf çekenler ve eninde sonunda evlerine dönenler. Bizim ne çıkıp geldiğimiz bir evimiz ne de dönecek bir evimiz var.

Ben, Hülya, Adnan Abi bir banka yan yana oturuyoruz. O insanlara bakıyoruz.

Matruşka, tekerlekli sandalyesini banka bitiştiren ve gözlerini bizden farklı olarak insanlara değil denize diken Efsun Abla'nın kucağında gökyüzüne bakıyor.

Parktan çok yakında ayrılıyoruz. Ama nereye gideceğiz bilmiyoruz. Saklanmak için ıhlamur ağacının gölgesinden başka gölgeler bulmak zorundayız. Hepimiz önümüzdeki günleri, geceleri nerede geçireceğimizi düşünüyoruz.

Surlar geçiyor hepimizin aklından.

Bir zamanlar şehrin tüm dışlanmışlarını kuytularında saklayabilecek kadar müşfik olan o eski, o muhteşem duvar yıkıntıları. Hepsini onardılar. Tüm gediklerine demirlerden parmaklıklar yaptılar. Asırlarca suçluları, sakatları, delileri, kayıpları, kimsesizleri, ayyaşları, kaybolmuşları kuytularında saklayan ve tüm o yıkık ve görkemli haliyle koca şehrin ortasında şehirden saklanan surlar medeniyet tarafından ele geçirildiler. Onarıldılar, düzeltildiler, temizlendiler, süslendiler yani yok edildiler.

Köprü altları geçiyor aklımızdan.

Işıksız kuytularını şehrin istenmeyenlerine bonkörce sunan ve kendi hukukunu şehrin hukukundan çok daha adilce kuran bir dünyanın, küflü ve ıslak ve soğuk ve tedirgin ama her halükârda müşfik olan köprü altlarında artık kimsesizlere barınak olabilecek boşluklar değil kimsesizleri yanlarına yaklaştırmayan mekânlar var.

Adnan Abi, "O köprüler, ne altlarıyla ne de üstleriyle artık hiçbir şeyi bir şeye bağlamıyorlar, aksine koparıyorlar, ayırıyorlar, uzaklaştırıyorlar, vazifelerini yapmıyorlar," diyor.

Hepimiz köprüleri düşünüyoruz. Geçtiklerimizi, kurduklarımızı, yıktıklarımızı...

Hiçbirimizin zihninde köprü romantizminin zerresi kalmamış. Köprülerden gökyüzüne ya da denize değil hep yere, ayaklarına, adımlarına, kendi karanlıklarına bakan insanlar geçiyor. Köprü uğultusu huzur vaat etmeyen tehditkâr bir gürültüye dönüşüyor.

"Siktir edin köprüyü, illa bir yere yerleşmemiz gerekmiyor," diyor Efsun Abla.

"Gündüzleri gezeriz, geceleri de duraklarda ya da dükkân girişlerinde, bina diplerinde yatarız."

Eğer hep beraber olmasak, olur. Ama bu halimizle biz hangi dükkân girişine sığarız?

"Hele bir yola çıkalım," diyor hâlâ burnunu çeken Adnan Abi. "Yolda aklımıza gelir bir şeyler. Şu mahalleden bir gidelim. Arkamıza bakmadan. Önümüze bakalım. Kervan yolda düzülür."

Yol.

Yol nedir?

Gelenler mi yapar o yol izini, gidenler mi?

"Yol hayvan marifetidir şair," diyor Efsun Abla yüzüme bakmadan. Sanki yeni tanışmışız gibi, hiç sevişmemişiz gibi, sadece şair olduğumu biliyor da ona âşık olduğumu bilmiyormuş gibi.

"Vahşi hayvanların peşine takılan, onların artıklarıyla karnını doyurmayı, giyinmeyi, dişlerden, kemiklerden alet yontmayı hayal eden leşçi insanın marifeti değildir. İnsan ne öğrendiyse hayvanlardan öğrenir. Hepsini de yanlış öğrenir."

"Peki sen Efsun Abla? Sen hayatı nereden öğrendin?"

"Ben de hayvanlardan öğrendim. Hayvan heriflerden!"

Yine kahkaha atıyor. Devamlı kahkaha atıyor Efsun Abla, ya küfür ya kahkaha. Çoğu zaman biz de onunla birlikte gülüyoruz. Ama bu kez içimizde bir hüzün. Hatta Hülya ağlıyor sanki.

"Ben de hayvan heriflerden öğrendim," diyor fısıltıyla.

Adnan Abi utançla yere bakıyor. "Acaba hiç geneleve gittim mi ben," diye kendi kendine soruyor.

Ben Efsun Abla'nın verdiği bu cevabı hak ettiğimi düşünüyorum; başıma gelen her şeyi hak ettiğimi, Allah'ın benim belamı neden vermediğini...

"Dramı kesin," diyor Efsun Abla. "Kesin dramı! Kendi yolumuzu kendimiz buluruz. Bulamazsak açarız. Biz insan değil, vahşi birer hayvanız."

Aslında doğru söylüyor. Hayvan mıyız insan mı tartışılır ama vahşi olduğumuz kesin.

Evcilleşmez yanlarından birbirine yaklaşan ve birbirine yaklaştıkça gizli gizli uysallaşan...

21

Hadi en vahşi hikâyelerimizi anlatalım birbirimize.

"Devran'ı öldürdüm ben. Cesedini parçalara ayırdım. O parçaları köpeklere attım."

Hülya parkın denize inen basamaklarında, bizden uzak bir köşeye ilişmiş, boş memeleriyle emzirdiği Matruşka'dan gözünü ayırmadan kısık sesiyle, "Anlat," diyor. "Anlat, Matruşka da duysun. Nasıl bir dünyaya doğduğunu bilsin. Bebekler duydukları kelimelerin anlamını bilmeseler de o kelimelerin titreşimlerinden duyguları tanırlar. Anlat, Matruşka da cinayet nedir erkenden öğrensin, aşk nedir öğrensin, bir ceset köpeklere nasıl verilir bilsin."

Anlatıyorum.

Devran o gün kazandığı bozuk paralarla kâğıt paraları birbirinden ayırıyordu.

Beş lira. Bir lira. On lira. Elli kuruş. Yirmiliraellikuruşonlirayirmilirayirmibeşkuruş. Yere çömelmiş, bilyeleriyle oynayan bir çocuğa benziyordu. Başında kirli bir kasket, ellerinde parmaksız eldivenler, aklında kim bilir neler neler. Evet Matruşka, ölmeden az önce o adam, Devran, hepimiz gibi, hiç ölmeyecekmiş gibi, hayatına Efsun diye bir kadın hiç girmemiş, hiç çıkmamış gibi, Efsun Abla'yı hiç üzmemiş, onun kesik bacaklarını hiç çöpe atmamış, Efsun Abla'yı bacaklarından akan kanlara aldırmadan saçından sürükleyip pencerenin önüne çekmemiş, ona, "Bak o kestiğin bacakların çöpte, az sonra kan kokusuna köpekler gelecekler, bacaklarını yiyecekler," dememiş gibi, kendi halinde iyi biriymiş gibi, paralarını sayıyordu. On beş daha on beş, iki daha on yedi, yirmi daha otuz yedi, beş daha kırk iki, on daha...

Dağıttım o rakamları ben Matruşka. O beşleri, o onları, o yirmileri, o birleri hepsini dağıttım gitti. Beynini dağıttım adamın Matruşka. İçinde ne varsa o beynin ezdim taşla. Vurdum. Vurdum. Vurdum. Anlamadı bile ne olduğunu. Yirmi dedi ölürken, yedi dedi, kırk beş dedi... Gitti. Onu kim neden öldürdü hiç bilemedi.

Bacaklarından sürükleye sürükleye bir yıkıntının dibine götürdüm ölüsünü adamın Matruşka. Daha çok kan aksın diye jiletle bacaklarına kesikler attım. Kalbine bıçaklar sapladım, kollarını deldim, emsem kanını da emerdim. O derece öldürdüm onu Matruşka, o derece öldürdüm.

"Hadi," dedim, "köpekler, gelin. Ziyafet saati. Etli kemikli."

Hülya gülmeye başlıyor. Konuşurken çıkmayan sesi, kahkaha atarken ortalığı inletiyor.

"Matruşka, bir şairden korkunç masallar dinleyerek büyüyeceksin. Dünyanın tüm kötülüklerini bir şairin dilinden öğreneceksin. Şanslı bebek. Kıymetini bil, kimse korkunç gerçekleri çocukların yüzüne yüzüne anlatmaz. Kandırırlar çocukları Matruşka. Büyükler çocukları hep kandırırlar. Biz seni hiç kandırmayacağız."

"Biz," diyor Hülya. Çocuk gibi seviniyorum, gözlerime yansıyan sevinci Efsun Abla görmesin diye yüzümü yere eğiyorum.

Beni bıraksalar, Devran'ı neden öldürdüğümü uzun uzun anlatırım. Çok ama çok geç bir yaşta fark ettiğim cinayet iştahım üzerine destan yazasım var. Hikâyemin beni iştahlandıran yanı, Devran'ı parçalara ayırıp köpeklere yedirmem değil. Âşık olduğum kadının sevdiği adamı, ölümü hak etmediğini bildiğim halde öldürmem ve bu cinayet yüzünden ufacık bir vicdan azabı bile çekmemem.

Bir gün Hülya kimselere duyurmadan sormuştu.

"Madem hak etmiyordu, neden öldürdün Devran'ı?"

"Çünkü Efsun Abla'nın aşkını hak etmek istiyordum."

"Bir gün benim için de birini öldürür müsün?"

"Sen, senin yüzünden birinin öldürülmesini hak etmeyecek kadar iyisin."

Hülya'nın vahşeti duygusallığında. Birden öfkelenmesi, fısıltılarını bir kenara bırakıp çığlık çığlığa bağırması, yaptığımız her hareketin hatalı olduğuna inanması, her şeyden ama her şeyden kuşku duyması ve imkânsızlığa tapması, zapt edilemez bir hayvana dönüştürüyor onu. Onunla konuşurken hep bir ine girmek zorundayım. O in karanlık, tekinsiz. İçindeki hayvanın nereden saldıracağı ve nerenizi parçalayacağı meçhul.

Hülya'nın sinsi vahşiliğinde çok çekici bir şey var. Efsun Abla'da olmayan. Öyle kolay tanımlanamayan. Kadınsı değil hayvansı olan...

22

Benim vahşetimle eğlenen Hülya'ya, "Kendi vahşi hikâyen ne senin?" desem, önce tek kelime etmez, ters ters bakar yalnızca. Onun vahşeti işte o tersliğinde başlıyor. Bir ailesi olup olmadığını, uyuşturucuya nasıl başladığını, kendisini satarak kaç lira kazandığını, kazandığı paranın ne kadarını mala ne kadarını kendine harcadığını şimdiye kadar öğrenemediğimiz Hülya şu sıralar tertemiz olmak istiyor ama olamıyor.

"En son Matruşka'yı nüfusuma geçirdiğim gün içtim bir şeyler. Sonra ne işe çıktım ne de mal aldım. Beş param yok," der sorsak. Yalan söyler. O yüzden hiçbirimiz sormuyoruz. Hiçbirimiz ona Matruşka geldikten sonra değiştiğini gördüğümüzü söyleyecek kadar gaddar değiliz. Hülya'nın en vahşi hikâyesi belki de şimdilerde kendisini ehlileştirmek istemesi. Ve bunu asla becerememesi.

Peki nasıl böylesine vahşileşmişti?

İlk kez ve muhtemelen son kez kendi hikâyesini anlatıyor Hülya.

"Babam annemi gözlerimin önünde öldürdüğünde."

Hepimizin kaderinde bir cinayet var. Ya işlenmiş ya da işlenecek. Başka birinin ölümü üzerine inşa edilen hayatların zehri akıyor genzimizden. Kutsal kitapların ilk hikâyeleri boşuna cinayetle başlamaz.

Akşam olmuş. Biz hâlâ kalacak bir yer bulamamışız.

Deniz kıyısındaki ıssız balıkçı barınağının merdivenlerinde bir ateş yakmışız, nemli battaniyelerimize sarınmışız. Matruşka uyumuş. Şehir uyumuş. Biz uyumamışız. Hülya iyice kısılmış sesiyle, olabilecek en alçak desibelde babasının annesini nasıl delik deşik ettiğini anlatıyor.

"Annemin kulağı çok az duyardı. O da bağırınca değil, fısıldayınca. Ses yükseldiğinde tamamen sağır olurdu. Bir de korkunç bir baş ağrısı vardı hep. O yüzden babamın eve sarhoş gelip naralar attığı ve başını iki elinin arasına alıp çömelerek kıvranan annemi dövdüğü akşamların ertesinde annem kanayan, şişen, moraran yaralarıyla ilgilenmezdi. Sadece kolonyayla ıslattığı tülbenti alnına yapıştırıp arka odanın karanlığına saklanırdı. İşte o zamanlarda babam artık onu değil beni dövmeye başlardı. Kısık sesle konuşmama kızar, gözlerimin annemin gözlerine benzemesine, derslerimin her şeye rağmen hâlâ iyi olmasına tahammül edemezdi. Ölmemi isterdi. Belki de onu öldürmemi. Evde bir cinayet işleneceği belliydi ama kimin kimi öldüreceği belirsiz. Babam annemi yirmi bir yerinden bıçakladığında ve annemin bedeninden fışkıran kanlar üzerime sıçradığında on yaşındaydım. O kanları karakolda polisler temizledi üzerimden."

"Sus yeter anlatma," diyor Adnan Abi gözünde yaşlarla. Susuyor, artık anlatmıyor Hülya ama biz anlıyoruz.

"Hapiste mi hâlâ baban?" diye soruyor Efsun Abla merakla.

"Bilmiyorum," diyor Hülya. "Ben kendim neredeyim, onu da bilmiyorum. O karakoldan kaçtığımdan beri sokaktayım."

On yaşında bir kız çocuğunun dönmediği evi, katil babası ve ölü annesi üzerine hepimiz kendi içimizden bir şeyler düşünüyoruz. Hepimiz on yaşında sokaklarda bir başına yaşamaya başlayan bir kızın başına neler gelmiş olabileceğini çok iyi biliyoruz.

23

Adnan Abi, senin en vahşi hikâyen hangisi?

Onun hatırladığı tek vahşi hikâye var. O da kendisine ait değil.

Bir gün tinerci çocuklar kör bir dilencinin önündeki paraları alıp kaçmışlar. Peşlerinden gidememiş. Tinercileri yakalayıp ellerinden o parayı alarak, kör dilenciye geri vermenin adaletini bir türlü bilememiş. Çocuklar mı açlıktan ölsün, kör mü?"

"İşte bu soru benim en vahşi hikâyem. Aklımdan geçenin vahşeti kalbime işler diye çok korktum. Hâlâ da korkarım. Emin olamam kendimden. Bir gün benden adalet dağıtmam istense kasılır kalırım. Bilemem haklı kim haksız kim. Doğru ne, yanlış ne. İyi nerede, kötü nerede? Bunları bilmemek benim en vahşi hikâyem şair. Belki de o yüzden unuttum her şeyi. Bu yükü omuzlarımdan atmak için. Belki de o yüzden bir parkta çırılçıplak buldular beni. En yalın halimle. Bedenimde de, beynimde de sıfır yükle. Şimdi ne o bedene ne de o beyne yeniden bir sorumluluk yüklemek istiyorum. Kimse benden adalet dilenmesin diye, başım önümde, hep ama hep yere bakarak yürüyorum."

"Yok Adnan, hiç kuşku yok, sen eskiden hâkimdin," diyor Efsun Abla bir yaraya yine tuz basarcasına.

Adnan Abi tek kelime etmeden ona sırtını dönüyor.

24

İçimizde en çok vahşi hikâyesi olan sensin Efsun Abla. Hikâyesi en vahşi olan da. Hadi bize bir daha anlat. Defalarca anlat. Alnından vurulduğu halde ölmeyen komiseri anlat. O komiserin kırların Hatçe'ye nasıl âşık olduğunu anlat. Şarkıcı sevgilisini sahnede izlemeye geldiğinde pavyon tuvaletine kaçıp kaçıp kir içindeki, pislik içindeki Hatçe'yi nasıl sıkıştırdığını anlat.

Efsun Abla anlatıyor.

"Evet, genç sevgilisini bırakır, gelir tuvalette benim kaçık yaşlı annemi düzerdi sapık. Al sana vahşet! Beğendin mi şair? Deli tuvaletçi karıyı düzen sapık komiser. İşini bitirince para bırakırdı tabağa adam. Çok bir şey değil, tuvalete girip çıkanların bıraktığı paranın biraz daha fazlası. Annem o parayı bana verirdi. Ben de gidip bakkaldan anneme bira, kendime de ne istiyorsam onu alırdım."

"Ne istiyordun Efsun Abla? Sen o yaşlarda ne istiyordun hayattan?"

"Sadece hayatta kalmayı istiyordum! Şimdiki aklım olsa onu da istemezdim ya. Sonra bir gün Köpek Ahmet vurdu o sapığı alnından."

"Hani karısı vurmuştu?"

"Karısı vurdu dediler. Ama bence Köpek vurdu onu. Annemi kurtaracak aklınca. Kırların Hatçe'nin umurunda değil oysa. Para veriyordu adam. O da o parayla içki alıyordu kendine. Ama Köpek, o deli köpek çekti vurdu adamı alnından. Ölmedi komiser. Kalktı, aynanın karşısına geçti, alnındaki deliğe baktı. Kurşun kafatasını delmişti ama zerre kan akmamıştı. Parmağını deliğe soktu. Kurşun içinde de yoktu. Güldü komiser. Gördüğüne güldü. Başına gelene güldü. Üstünü başını silkeledi, bize alay eder gibi baktı, çıktı işe gitti."

"Bunun neresi vahşi? Fantastik bu hikâye," diyor Hülya.

Ben, "Neden bize dedin? Sen de mi oradaydın?" diye soramadan, "Sikerim senin fantastiğini," diyor Efsun Abla, Hülya'ya. "Aynen böyle oldu. Hep böyle şeyler oldu benim hayatımda. Senin gibi haplanıp, iğneler yapıp, cigaralar içip hayaller görmem ben. Gerçekleri görürüm. Gerçeği dibine kadar görürüm."

"Sakin olun," diyorum ikisine de. "Sen daha çok sakin ol Hülya. Herkes ne anlatıyorsa o. Sadece dinliyoruz birbirimizi. Gerçekleri anlatmak zorunda değil kimse. Biz de gerçeğin peşinde değiliz zaten. Birbirimizin peşindeyiz. Birbirimizin gerçeği her neyse, onu öylece kabullenebiliriz."

"Bayağı ders veriyorsun hoca efendi," diye gülüyor Adnan Abi.

"Fantastik gerçeklik diye bir şey var bu hayatta. Bazı gerçekler fantastiktir. Bazı fantastik şeyler de gerçek."

"Ben fantezi mantezi bilmem. Şimdi gider Ölü Komiser'i bulurum, görürsünüz. Tutar yakasından Köpek'i de getiririm, o da anlatır size. Fantezi miymiş, değil miymiş görür, apışır kalırsınız."

Efsun Abla'nın her ânı vahşi. Hiçbir şeye boyun eğmiyor. Hiçbir şeye eyvallahı yok. Sözünü sakınmıyor. Kendisini ezdirmiyor. Ve herkesi, her şeyi eziyor. Kendi bacaklarını kesmiş bir kadın o, bizi neden biçip doğramasın?

25

Bugün günlerden pazartesi. Bankta unutulmuş bir gazeteden anlıyorum bunu. Artık pazartesilerin de, haberlerin de hiçbir anlamı yok benim için. Hafta ne zaman başlar ne zaman biter, hafta neden başlar neden biter, seçimler ne zaman, iktidar kimde, kur ne âlemde... Hiçbirinden haberim yok. Başka bir dünyamız var bizim. Bizim hızımızda, bizim yönümüzde dönüyor. Başımızdan sadece bize ait şeyler geçiyor.

Sur dibindeki kahveden ayrılmışız. Üç gün parkta ıhlamurun altında, üç gün de terk edilmiş balıkçı barınağının kuytusunda uyumuşuz.

Bir sabah uzaktaki köprüye bakmışız. Dikkatlice bakmışız. Eskisini hatırlamışız. Yandığını hatırlamışız. Hurdasını hatırlamışız. Köprüsünü terk eden, köprüsünü hurdaya çeviren bir şehrin sadakatsizliğine sövüp saymışız. Sonra kalkmışız yerimizden. Köprüye kadar yürümüşüz. Tek sıra, kaldırım boyunca. Bir yük katarı gibi ağır adımlarla ve kara kara dumanlar çıkara çıkara. Kalabalıkların arasından geçmişiz. Bulvarlardan geçmişiz. Işıklı kavşaklardan geçmişiz. Hafif yokuşlardan geçmişiz. Köprüye gelmişiz. Sonra köprünün tam ortasında durmuşuz. Bir sağımıza bakmışız, bir solumuza. Camilerin görkemli kubbelerine bakmışız. Vapurların arkalarında bıraktıkları köpüklere. Neredeyse birbirini iterek uçuşan martılarla güvercinlere, kargalara, serçelere. Oltalara takılan balıkların plastik kovalarda can çekişen parıltılı gövdelerine. Balık yemi satan çocukların küçük kirli ellerine. Yol üzerine park edilmiş arabaların içinde uyuyanların yana yatmış kafalarına. Gelip geçen otobüslerde tıklım tıkış ayakta duranların düşmüş omuzlarına. Kendisini denize atmasına ramak kalanların feri sönmüş gözlerine bakmışız. Köprünün üzerinde ayak sürüyerek yürüyen ve belli ki gidecek hiçbir yeri olmayan diğer evsizlere, delilere, delirmek üzere olan diğerlerine. Bayrak satan adamlara bakmışız. Paçalara yapışan dilencilere. Gördüklerinden memnun, görmediklerine kayıtsız turistlere. Ne gördüğünü fark etmeden köprüden gelip geçenlere. Şehrin tam orta yerinde, o köprünün üzerinde, masmavi göğün altında, karmakarışık bir hayatın odağında, bir kendimize bakmışız, bir diğerlerine. Yanımızdan geçip gidenlere. Yanından geçip gittiklerimize.

Sonra kuleye bakmışız. Ben, yüzyıllar önce, kanat takıp kulenin tepesinden karşı kıyıya uçan bir adam hakkında masallar anlatmışım Matruşka'ya. Matruşka beni dikkatle dinlemiş. Bir şehrin üzerinde uçmakla yerlerinde sürünmek arasındaki farkı anlatmışım ona. Kendime anlatırcasına.

"Şu anda yerde sürünürken aslında şehrin üzerinde uçuyoruz," demişim, şehrin üzerinde uçtuğumu zannederken aslen nasıl da yerlerde sürünmüşüm. Hepsini anlatmışım bir bir. Yeni doğmuş ve doğar doğmaz sur dibindeki bir çöplüğe terk edilmiş küçük bir kıza, kendi çocuğumdan sakladığım ne varsa bir bir anlatmışım. Bilsin istemişim. Çocukları korumak için onlara anlatmadığımız her şeyin onlar için tehlike olduğunu bilsin. Korurken korunmasız bıraktığımız çocuklardan çok ama çok farklı büyüsün.

Şehrin gürültüsünde uyuyan bir çocuk olsun istemişim Matruşka. Araba, motor, vapur, uçak gürültüleri hep kulağında. Çığlıklar duysun, kahkahalar duysun, şarkılar, türküler, kavgalar, dövüşler, küfürler duysun. Sokaktaki tüm sesleri bilsin, tanısın. Hangisinden korkacağına, hangisini çıkaracağına kendisi karar versin.

Camilerin avlularında emsin biberonunu. O emerken ezanlar, selalar başlasın bitsin.

Adnan Abi ermişlerden bahsetmiş Matruşka'ya, din büyüklerinden, padişahlardan ve valide sultanlardan bahsetmiş; Mimar Sinan demiş, Sultan Süleyman demiş, Veziri azam demiş...

Matruşka onu da dikkatlice dinlemiş. Yarılan sular, delinen kayalar, altına çevrilen taşlar, çöllerde su bulmalar, bir dudağı yerde bir dudağı gökte devleri alt etmeler. Saraylardaki hayatlar, tahtlar, periler, padişahlar, keloğlanlar... İsyanları anlatmış ona Adnan Abi. Kalkan kazanları, devrilen tahtları, alınan kelleleri, verilen kelleleri, padişahları, dağlardaki savaşçıları, kahramanları ve korkakları anlatmış. Devrimcilerden bahsetmiş, karşı devrimlerden bahsetmiş. Adaleti de anlatmış. "Yoktur," demiş, "Gücü gücüne yetenedir. Ya güçlü olmaya bakacaksın bu dünyada," demiş, "ya da güçlülerden hep kaçacaksın."

Efsun Abla gerçeklerden bahsetmiş Matruşka'ya. Garibanlardan, sarhoşlardan ve orospulardan. Köprünün bir üstünden, bir altından. Kimin kimi nasıl ve neyle kandırdığından. Kimin neye, neden kandığından. Yaşam hilelerini anlatmış çocuğa. Hayatta kalma taktiklerini. Kötülerden kendisini nasıl koruyacağını. Gerektiğinde nasıl kötü olunacağını. Matruşka onu da dikkatlice dinlemiş.

Hülya hiçbir şey anlatmamış Matruşka'ya.

"Kendin yaşa kendin gör. Boş ver sana anlatılanları. Biz ne anlatsak yalan, biz ne anlasak dolan," demiş. "Sen daha bebeksin. Uyu. Uyu da büyü," demiş.

Matruşka bizi değil sadece onu dinlemiş. Hülya'nın göğsüne başını gömüp uyumuş. Hep uyumuş. Uyurken yüzünde tatlı bir gülümseme.

26

"Bu bebek neden hep gülüyor?"

Efsun Abla endişeyle soruyor bunu. Başına gelen onca şeye rağmen, günlerdir sokaklarda olmamıza rağmen, anne sütü yerine hazır mamalar yemesine rağmen, uyurken boş memeler emmesine rağmen, altını Hülya'nın marketlerden çaldığı bezler çabuk tükenmesin diye mecbur kalmadıkça değiştirmememize rağmen, poposu pişikken, gerçek bir annesi yokken... yine de gülüyor Matruşka. Ağzı gülmese gözleri gülüyor. Gözleri gülmese elleri gülüyor. Elleri gülmese burnu gülüyor.

Efsun Abla, bebeğin dünyayı tam olarak algılayamadığını düşünüyor.

"O bu dünyaya gelmedi belki de," diyor. "Başka bir dünyaya doğdu. Bizim bildiklerimizi bilmiyor, bizim gördüklerimizi görmüyor. Anlamıyor olanları. Kendi dünyasında yaşıyor. Kim bilir kimin çocuğu, kim bilir kimin çocukluğu?"

Efsun Abla'nın tedirginliği Hülya'nın hoşuna gitmiyor.

"Belki sinirden gülüyordur," diyor. "Kim bilir neye sinir oluyor?"

27

Artık karşı kıyıdayız. Efsun Abla tekerlekli sandalyesinde, sırtını denize dönmüş, tepeye tırmanan bina yığınına bakıyor. Gözünü o yığının en üstünde sivri çatısıyla şehre tepeden bakan kuleye dikmiş, soruyor.

"Oraya çıkar mıyız?"

"Çıkarız," diyorum. "Ama gizlice."

"Kimsenin bilmediği bir kapı buluruz."

"Harabelerin arasından bir gizli geçit olsun."

"Taşlardan biri muhakkak yerinden oynuyordur."

"Merdivenleri kimse yokken gece yarısı sessizce tırmanırız."

"Kucağında çıkar beni o merdivenlerden."

"Yıldızlara yakın, gerçeklere uzak oluruz."

"Gece yarısı şehre tepeden bakalım."

Neden Efsun Abla? Neden? Neden şehre tepeden bakmak istiyorsun?

"Hep şehir mi bakacak bize tepeden?"

Aslında sadece şehir değil herkes bize tepeden bakıyor. Çünkü sürünüyoruz. Ama bundan şikâyetçi değiliz. Biz de onlara aşağıdan bakıyoruz. Hayatı kimselerin bakmaya tenezzül etmediği bir yerden, dipten, en derinden görüp anlıyoruz.

"Aşağıdan ya da yukarıdan, fark etmez," diyor Adnan Abi. "Önemli olan insanın kendisinden başkasına bakmayı bilmesi. O zaman biz de bir başkası olduğumuzu anlarız. İnsanın en büyük meselesi kendisini anlamlandırmasıdır şair."

"Her şeyi yanlış biliyorsun," diyor Efsun Abla, elinde yerde bulduğu boş bir midye kabuğu. O kabuğu evirip çevirirken, sanki kabuğun içindeki boşluktan kutsal bir metni okur gibi dalıyor gözleri.

"Sen kendini ne kadar anladıysan, başkalarını da o kadar anlarsın. Kendi aklının sınırlarını aşamazsın. Kim olduğunu anlamak istediğin her insanda, kendinde ne kadarını anladıysan o kadarını anlarsın. Yok, illa başkalarını anlayacağım diyorsan, önce kendini unutacaksın. Kendini!"

"Sen unutabiliyor musun kendini?" diyor Hülya merakla.

"Bana mı diyorsun bunu?" diye dikleniyor Efsun Abla. "Bacaklarını kesmiş biri kendisini daha ne kadar unutabilir?"

"Bacaklarını kestin ama kendini öldürmedin. Sor şaire, kendini öldürmek mi daha yüce, bacaklarını kesmek mi?" diye üstüne gidiyor Hülya, Efsun Abla'nın. Ortalık geriliyor.

Gerilimi dağıtmak için işi şakaya vuruyorum.

"Bana sormayın," diyorum. "Bir, kendimi öldüremedim ben. İki, bir adam öldürdüm. Yani pek de yüce işlerle dolu değil geçmişim."

Sahi, ben bir adam öldürdüm. Neden kimse yok peşimde?

"Sen bir adam öldürmedin. Devran'ı öldürdün," diyor Efsun Abla.

Bundan ne anlamalıyım? Devran'ın bir adam olmadığını mı? Yoksa Devran'ın çok önemli biri olduğunu mu? Dille duygular arasında karmakarışık bir ip var gerili.

Üzerinde yürürken düşmemek çok zor. Efsun Abla'nın onu hâlâ seviyor olma ihtimaline katlanmak daha da zor.

"Hem peşinde kimsenin olmadığını nereden biliyorsun? Köpekler belki de anlattılar her şeyi polise?"

Köpekler pekâlâ arkamdan konuşmuş olabilirler. Biz hayvanların lezzetlerini biliyoruz, onlar zaaflarımızı. Arkamdan konuşmuş mudur köpekler hakikaten?

Efsun Abla köpek kelimesini duyunca Ahmet'i anlatmaya başlıyor yine. Köpek Ahmet, Kırların Hatçe'den sonra hayatındaki en önemli insan. Genelevde birlikte büyümüşler. Onun sadece babası belli değilken, Ahmet'in ne annesi ne de babası belliymiş. Genelevin kapısında ıslak bir kedi yavrusu gibi belirdiğine daha üç yaşında ya varmış ya yokmuş. Kadınlar kıyamayıp içeri almışlar Ahmet'i. Önce havlularla kurulamışlar. Üstüne başına giydirecek bir şeyler bulmuşlar. Sonra karnını doyurmuşlar. Bir-iki gece koyunlarında uyutmuşlar. Bir gün... iki gün... üç gün derken çocuk geldiği gibi gitmeyince, kimse de gelip çocuğu sormayınca tüm diğer kadınlara sırtını dönüp yarım akıllı Hatçe'nin etekleri etrafında dolanan çocuk Efsun Abla gibi genelevin çocuğu olmuş. Efsun Abla'dan farkı onun gibi yatakta değil, odanın bir köşesinde köpekle uyumasıymış. Genelevin ölümsüz köpeği Kebuz büyütmüş Ahmet'i.

Adnan Abi safça soruyor ara ara Efsun Abla'ya.

"Ölümsüz müydü Kebuz gerçekten?"

"Ölümsüzdü ne demek, ölümsüz."

Hâlâ bir yerlerde yaşadığına inanıyor Efsun Abla Kebuz'un. Tıpkı Ölü Komiser'in de ölmediğine inandığı gibi.

Cevabını bildiği halde Hülya inadına tekrar tekrar soruyor Efsun Abla'ya: "Ölü Komiser'i karısı mı vurmuştu yoksa Köpek Ahmet mi?"

"Köpek kendisinden başka kimseyi incitmezdi," diye

hep aynı çelişkili cevabı veriyor Efsun Abla sinirle. "Bir kendisini incitirdi, bir de beni."

"Yoksa sen mi vurdun Ölü Komiser'i?"

"Hâlâ anlamadın mı şair, ben kendim elimi kana bulamam."

Anladım Efsun Abla. Hem de çok iyi anladım. Ama hoşumuza gidiyor seni öfkelendirmek. Kızınca bizden biri gibi oluyorsun. Hiçbir şeyi umursamadığın zamanlar, başka dünyadansın.

28

Biz kocaman ve mükemmel bir aileyiz. Kan bağı olmayan, evi olmayan, geçmişi ve geleceği olmayan, sadece şu anda, burada yaşayan ve bir bebeği büyütmekle yükümlü olan. Adnan Abi aklımdan geçenleri okur gibi bir bana bakıyor, bir onlara.

"Neye güvendin de bizi takıp peşine buraya getirdin?" diyor.

"Hadi ben neyse, yaşarım sokakta. Bunlar ne yapacaklar? Hülya, Efsun Abla, bebek? Ömür boyu bir bankın üzerinde, bir taşlıkta, bir boşlukta mı sabahlayacak herkes? Ömür boyu denizde mi yıkanacaklar? Ömür boyu sokağa mı sıçacaklar? Çöpten yemek mi arayacaklar? Araba camlarına dayanıp dilenecekler mi? Kalabalığın ayakları altında kalıp sürünecekler mi? Ne yapacaklar? Ne yapacaksınız?" diyor. Bir tek, "Ne yapacağız?" demiyor.

Her şeyi yapabiliriz Adnan Abi. Ne istersek yaparız ve istemediğimiz hiçbir şeyi de yapmayız. Kimsenin umurunda değiliz, bizden bir şey bekleyen yok, hiçiz ve bu sayede de hepiz. O kadar kimsesiz ve o kadar özgürüz.

Hem ömrümüzün boyu yoktur ki sadece, eni de vardır. Hacmi vardır ömrün. Sadece boyla ölçülmez her şey.

Gülüyor yine Efsun Abla. Ben ne desem gülüyor. Sevdiğinden mi yoksa beğenmediğinden mi beni, ayırt edemiyorum. O gülünce ben susuyorum. Ben susunca o da gülmeyi bırakıyor. İskemlesiyle yanıma geliyor. El ele tutuşuyoruz.

"Denizi biraz da buradan seyredelim şair," diyor. "Göremiyoruz ama burada da surlar var. Hayaletleri var surların. Hem de karşıdaki surlardan daha eskiler. Sırtımızı bu sefer sur hayaletlerine dayarız. Şehir ne yapar eder kollar bizi."

Eskiden yaşadığımız mahallenin günbatımında kızıla bürünmüş siluetine artık uzaktan bakıyoruz. Büyük bir ticari telaşın göbeğinde cehenneme dönmüş. Toza, dumana, ateşe, şiddete, dehşete bulanmış. Sanki tam ortasına bombalar atılmış. Yıkılan evlerin molozlarından yükselen dumanlar beklenmedik bir felaketin nişanı gibi, şehrin genzine doluyorlar. Bir savaş meydanını terk etmiş gibiyiz. Terk ettiğimiz bir savaşı uzaktan seyreder gibiyiz. Sanki o savaşta düşmanı, yenilerek yenmiş gibiyiz.

Güneş tam karşımızdan batıyor ve aynı anda, çok uzaklarda da olsa, biliyoruz, arkamızdan doğuyor.

"Burada bir kahve bulsak kendimize," diyor Adnan Abi. Çok uzaklaşası yok bildiği, hatırladığı o yerlerden. Yine deniz kıyısında kalası var. Yine bir çay ocağının arkasına geçesi. Yine, "Kimsin sen?" diyenlere, "Asıl sen kimsin?" diyesi...

Bulalım ama buradaki mahalleler karşıdakiler kadar bonkör ve davetkâr değil. Bize bir yıkıntı lazım. Vazgeçilmiş bir yer. Terk edilmiş bir dünya. Görünmez olmuş bir gedik. Buradaki eski mekânlar yıkılalı çok olmuş. Dükkânlar temiz pak. Sokaklar aydınlık. Kaldırımlar düzgün. İnsanlar sahip oldukları şeyleri koruma konusunda daha hırçın. Bize içlerinden geçip gittiğimiz sürece dokunmazlar. Ama çökersek buralara, bizi barındırmazlar. Ah be Adnan Abi, seni nereye saklayabiliriz biz şimdi...

Surların hayaleti bir şiir sadece. Aklımızdan geçebilir, gözlerimizi kapatıp onları düşleyebiliriz, dilimize düşebilirler ama gerçekte yoklar artık. Anca hayal ettiğimiz kadarlar. Peki hayallerimiz ne kadar?

Hırdavatçılar çarşısının içinden geçip dik yokuşların kuytularını dolanan ve kulenin olduğu tepeye döküle saçıla belli belirsiz ulaşan birkaç duvar yıkıntısının, artık bizim gibileri saklayacak bir deliği olması mümkün değil.

Biz nerede yaşayacağız?

"Ben yaşadığım yerlerin hepsini unuttum," diyor Adnan Abi, sakinleşmiş, kaderine bininci kez boyun eğmiş. "Kahveyi bile unutuyorum artık sanki. Hadi siz de benim gibi unutuverin her şeyi."

Unutmayı bir erdem, bir üstün yetenek, bir ayrıcalık olarak görmek istiyor. Hiçbirimizin ulaşamayacağı bir mertebe. Ondan başka kimselerin yakasına iliştirilmemiş biricik rütbe. O yüzden aklından aslında çıkmayan o kahveyi de unutmaya hevesli, gayretli.

"Yok, biz hiçbirimiz senin gibi unutamayız Adnan Abi. Aksine hatırlamakla lanetliyiz biz."

Deniz kıyısındaki motor iskelesinin merdivenlerinde oturuyoruz. Motorlara binen ve motorlardan inen yolcular neredeyse üzerimize basacaklar ama yanımızdan geçip giderken bizi görmüyor gibiler.

Tam karşımızda balıkçılar. Onlar da bize körler. Yok gibiyiz, hiç gibiyiz, hepimiz bu şehirde birer hayaletiz. Birer hayaliz.

"Onlar bizi görmüyor. Peki biz onları neden görüyoruz?" diye tıslıyor Hülya.

Güzel soru. Zor cevap.

Görmek nedir diye düşünüyoruz uzun uzun. Bir yere varamıyoruz. Görmüyorlar işte bizi. Hepsi bu kadar. Görmüyorlar. Varız ama yokuz. Yüzleşmenin ilk enstrümanı görmek. Yüzleşmek için görmemiz lazım. Görmemiz için bakmamız. Ben de onlar gibi yıllarca sokak insanlarının yanından geçip gittim. Şu anda o bakmadıklarımdan, görmediklerimden biriyim. Ve bunca insan bize nasıl bakmaz, bizi nasıl görmez diye düşünmekteyim.

"Siktir et bakmayı, görmeyi, şiiri miiri. Adnan haklı, hadi bize terk edilmiş bir ev bul."

Düne kadar sokakta yaşamaktan yana olan Efsun Abla, dudaklarının arasında çoktan sönmüş bir cigara, gözlerini iskeleden ayrılan vapura dikmiş konuşuyor.

"Şehir terk edilmiş evlerle dolu. Birinin içine girip yerleşelim. Kimse bize ilişemesin. Matruşka penceresinden dışarı baka baka büyüsün. Devran'ı öldürmeyi becerdin. Bunu da becerirsin. "

"Olur," diyorum. "Beceririm."

Becerir miyim?

Beceririm.

29

Onları motor iskelesinin merdivenlerinde bırakıp dik yokuşlara doğru yürüyorum. Yüzlerce yıldır tırmanılan bu yokuşların kimleri nerelerden nerelere götürdüğünü düşüne düşüne, bu yokuşlardan aşağıya nelerin yuvarlandığını ve o yuvarlananların nereye vardığını anlamaya çalışa çalışa tırmanıyorum.

Yokuşa bakıp o yokuşu çıkmanın zor olduğunu düşünen ve o yokuştan inmenin zorlukları üzerine hiç düşünmeyen insanların yaşadığı bu şehri kuranlar, denizlerden tepelere tırmanırken nasıl bir gelecek hayal etmişlerdi anlamaya çalışıyorum.

Doğal bir kale gibi, tepelerine çıkıp çıkıp uzaklara bakabilecekleri ve gerekirse düşmanları eteklerine dökebilecekleri muhkem bir şehrin inşasında kurulan hayaller ve o şehir düşerken yaşanan trajediler bu yokuşlarda kim bilir kaç defa şuursuzca yan yana geçmişlerdi? Tırmananlar ve yuvarlananlar aslında başlarına aynı şeyin geldiğini nasıl olmuştu da hiç bilememişlerdi?

Sırtımda hiç hesapta yokken edindiğim aileme bir ev bulma yükümlülüğünün ağırlığı, yukarılara tırmanmak ve aşağılara yuvarlanmak üzerine düşünüyorum. Oysa uçmak üzerine düşünmek istiyorum. Bir yükü değil bir hafifliği hissedesim var. Yalnızlığın kısacık bir süre yakaladığım o saltanatını, bu tuhaf ailenin sorumluluğuyla hangi ara takas ettiğimi hatırlamaya çalışıyorum.

Standart bir aileyi terk etmiştim ben. Standart bir evi. Standart bir düzeni. Arkamda yığınla takım elbise bırakmıştım. Bilgisayarımdaki notlar geride kalmıştı. Telefonumdaki numaralar. Nüfus kâğıdımı bile almamıştım yanıma. Kan grubum hiçbir yerde yazmıyordu. O kadar özgürdüm. O kadar ölüme yakın. O kadar kendime yakın.

İstesem bir kuş olabilirdim. Ya da bir solucan. Göklere uçabilirdim ya da toprağı delip delip derinlerine gidebilirdim. İster ışıkta kaybolurdum, ister karanlıkta. Ama kaybolabilirdim bir başıma. Şimdi bunların hiçbirini yapamıyorum. Bir ev bulmam lazım. Ailemi o eve sokmam. Matruşka'mızı, çocuğumuzu korumam lazım.

Bu hayatı göklerde uçarak ya da toprak altına girip çıkarak yeniden ve bambaşka bir yerden anlamaya çalışmakla şehrin içinde sürünerek, evsiz kalarak, kendisini öldürmekle öldürmemek arasında bocalayarak, yaşlı bir orospuya âşık olarak, genç bir orospuya kapılarak, çöpte bulunmuş bir bebeğe sahip çıkarak ve her şeyi unutmuş bir adamın yedek hafızası olmayı göze alarak geçirmek arasındaki farkı düşüne düşüne, bir yere bir gökyüzüne bakarken tepemde bir martı beliriyor. Kanatlarında müşfik bir beyazlık, sesinde nobran bir hoyratlık. Bağırıyor bana yukarıdan yukarıdan.

"Bu şehri, bu hayatı hâlâ terk etmeyecek misin sen?"

Yok, aksine yerleşiyoruz biz bu şehre, bu hayata. Belki de ilk defa. İki adam, iki kadın, bir de Matruşka.

"O zaman gel şu yokuştan aşağıya," diyor martı. Tam tepeye varmışken başka bir yokuştan aşağıya iniyorum. Martının kanatları neredeyse kafama değecek. Beni bir ara sokağa sokuyor, üzerimde pikeler yaparak yıkık bir apartmanın üst kat pencerelerinden birine konuyor.

"Bu binada saklan," diyor.

Bir zamanlar görkemli bir apartman olduğu hemen anlaşılan binanın demir kapısında kocaman asma bir kilit. Pencerelerinin neredeyse hiçbirinde cam yok ama hepsinin demir parmaklıkları sapasağlam. Nasıl gireceğiz içeri?

Martı konduğu üst kat penceresinden havalanıp kaldırıma inince fark ediyorum; bodrumdaki pencerelerden birinin demirleri sökülmüş, pencere kartonlarla kapatılmış. Sağı solu kolaçan ediyorum. Az ilerideki kafede oturanlar kendi âlemlerindeler. Karşı çaprazdaki berber, dükkânın önüne tabure atmış, elindeki telefondan dikkatlice bir şeyler okuyor. Tam karşıdaki apartmanın penceresinde Devran, kolları, boğazı, göğsü kesik içinde bana bakıyor. Göz göze geldiğimiz an, bir ışık gibi sönerek ortadan kayboluyor. Ürperiyorum. Gördüğümün hayal mi gerçek mi olduğunu düşünmek bile istemiyorum.

Devran'ı aklımdan hemen atıp penceredeki kartonları çıkarmaya başlıyorum. İki dakika içinde binanın bodrumundayım. İçerisi loş. Gözlerim bu loşluğa alışana kadar bir süre bocalıyorum. Attığım her adımda ayağımın altındaki ahşap zemin gıcırdıyor. Aldığım her nefeste genzime tozlar doluyor.

Pencereden girdiğim odanın kırık kapısı, ortasında dev bir incir ağacı olan bir avluya açılıyor. Yabani otların sarıp sarmaladığı avlu buram buram incir kokuyor. Şehrin uğultusu dışarıda kalmış. Avluda ölüm sessizliği. O sessizliğin içinde incir yapraklarının ara ara duyulan hışırtısı.

Tek başıma olsam, o an ağacın altına çökeceğim. Gövdemi gövdesine dayayacağım ve derin bir uykuya yatacağım. İncir bana rüyamda ne gösterirse bundan sonra sadece ona inanacağım. Yeni bir tanrı bulsam, bu avluda bu ağacın tam altında bulacağım. Ama yalnız değilim. Bahçeden üst kata çıkan merdivenleri tamamen saran dikenli sarmaşıklar gibi hayatıma dolanmış insanlar var. Beni beklemeseler, beni sevmeseler, bana güvenmeseler, şu andan itibaren kalırım ben burada, bir başıma. Kimseler beni bulamaz. Geceleri dışarı çıkar çöpten yiyecek toplar geri gelirim. Dilediğim gibi, dilediğim kadar yaşarım, saklanırım, kaybolurum.

Sonra bir gün, zamanı gelince, kendimi asarım incirin dallarına. Cesedimi önce kargalar gagalar. Sonra martılar. Güvercinler yer beni. Ve serçeler. Karıncalar tırmanır üzerime. Karafatmalar. Fareler ve gelincikler didikler etlerimi. Kediler gelir kokuma. Kurtlanırım. Böceklere yem olurum. Usul usul yok olurum. Terk edilmiş bir evin avlusunda, mis gibi bir incirin dallarında, bir başıma.

Bir yandan burada kalmayı, bir daha onların yanına dönmemeyi hayal ediyorum, diğer yandan da yukarıdaki demir kapıya ve üzerindeki paslı kilide bakıp, Efsun'un sandalyesini oradan içeriye sokamayız diye söyleniyorum.

Tüm kilitlere lanet ediyorum.

Bir zamanlar içinde yaşadığım evin çelik kapısına. Üç ayrı anahtarla kapatılıp açılan kilidine. Çelik kapının dışındaki parmaklıklı demir kapıya. Pencerelere taktırdığımız alarmlara. Yirmi dört saat nöbet tutan güvenlik görevlilerine. Site duvarlarını saran dikenli tellere. O tellerin üzerindeki kameralara. Bizden başka kimsenin girmemesi için her türlü önlemi aldığımız evimize aslında bizim de girememememize; o evden bizim de asla çıkamamamıza. Çalınmasından korktuğumuz kıymetlilerimize. Alınmasından korktuğumuz canımıza. Kaybolmasından korktuğumuz huzurumuza.

Lanet ediyorum.

Ben bu metruk binanın bodrum katında, geçmişimde kilitlediğim, ulaşılmaz kıldığım, başına bir şey gelmesinden korktuğum ne varsa hepsine sırayla lanet ederken, martı da pencerenin önünde, kaldırım kenarına dökülmüş kedi mamalarını yiyor.

Ben ne kadar kendime ait olmayan bir hayat yaşıyorsam o da o kadar kendine ait olmayan bir hayat yaşıyor. Kendimi güçlükle yukarı çekerek girdiğim yerden tekrar dışarı çıkıyorum. Martı hızla havalanıyor. Ardına bakmadan uçup uzaklaşıyor. Kafamı kaldırıp bir süre ardından bakıyorum. Sonra Devran'ı karşı apartmanın hangi penceresinde gördüğümü hatırlamaya çalışarak gözlerimi binaya dikiyorum.

İçinde yaşanan bir mekânla, içinde yaşanmayan bir mekân yüz yılı aşkın süredir karşılıklı dimdik duruyorlar. Ben tam ikisinin ortasındayım. Her şeyin tam ortasındayım.

Devran gerçekten o pencerede miydi az önce?

30

Çıktığım yokuşlara paralel başka yokuşlardan koşar adım aşağıya iniyorum. Bu kez tepemde bir martı yok. Aklımda Devran var. Saklanacağımız bir delik bulamadım ama kendimi buldum. Korkaklığımı, inançsızlığımı, kararsızlığımı buldum.

Öldürdüğüm adamın hayaleti peşimde. Polisin değil bir ölünün beni kovaladığı sanrısıyla kendimi bambaşka bir yerden, korkularımdan yeniden tanıyorum.

Hayat bana bir cinayet işleyebileceğimi ve yakalanmaktan değil yüzleşmekten korkacağımı anlatıyor. Ben anlamak istemiyorum.

Devran aklımdan çıksın. Aklımda sadece başımızı sokacak bir yer bulmak olsun.

Koşa koşa dönüyorum kıyıya. Dördü de bıraktığım yerde beni bekliyorlar. Hülya kucağında Matruşka, sızıp kalmış. Adnan Abi elindeki odun parçasını yontuyor çakıyla. Efsun sandalyesinde gözlerini denize dikmiş, sigarasını tüttürüyor efkârla. Aklımda o incir. Martı gibi, o ağaç da benimle konuşur mu?

"Konuşur."

Efsun Abla bu gece daha önce hiç anlatmadığı bir hikâye daha anlatıyor. Nefesimi tutup dinliyorum. Efsun Abla'ya ben her seferinde hikâyelerinden âşık oluyorum.

Kırların Hatçe genç bir kızken ve henüz köyünde yaşarken, ağaçların dilinden anlarmış. Kaybolurmuş devamlı kırlarda, ormanlarda. Birden, mesela yemek pişirirken, bulaşık yıkarken, kuyudan su çekerken, ocağın başında yün eğirirken, herkes tam yatmak üzereyken, herkes tam kalkmak üzereyken, birden çıkıp gidiverirmiş evden. Kimselere bir şey söylemeden. Köyün dibindeki ormana dalarmış ve kaybolurmuş. Hangi ara yok olduğunu anlamazmış kimse. Sanki bir ışık gibi, aniden sönmüş gibi.

Bazen saatler, bazen günler sonra geri gelirmiş. Giderken nasıl yok olduysa öyle aniden evin içinde, kapının önünde, çeşmenin dibinde, bahçenin bir yerinde belirirmiş.

"Neredeydin?" diyenlere cevap vermek yerine önce soruyu tekrarlarmış.

"Nerede?"

Sonra gülermiş ve, "Kırlarda," dermiş. "Kırlardaydım n'apçan? O yüzden Kırların Hatçe derlermiş ona. Ama aslında ağaçların Hatçe'ymiş. Hatta çakalların, ayıların, kurtların, kelebeklerin, böceklerin, ötücü ve yırtıcı kuşların, ormandaki tekmil hayvanın Hatçe. İnsandan başka her şeyin Hatçe.

"E işte, bu da bir şiir," diyorum.

Omuz silkiyor. "Senin için şiir, benim için kâbus."

Hatçe'yi cinlere karıştı diye ahırda zincire bağlamışlar. Sonra hamile bırakmışlar. Ahırda tezeklerin içinde, bir başına doğurduğu çocuğun babasının iblis olduğuna inanmışlar. Bebeğini de kucağına verip köyden kovmuşlar.

"İblisin kızı Efsun Abla, ismini kim koydu sana?"

"Kendi ismimi kendim buldum," diyor.

Ah Efsun Abla! Ah! Rıhtımda bir başıma otururken ve ölmeyi düşünürken gördüğüm belli belirsiz bir rüyasın, sayıkladığım bir şiirsin, uydurduğum bir aşksın, kapıldığım bir büyüsün.

Adını keşke ben koymuş olsam sana.

31

Sabahları herkesten önce ben uyanıyorum. Güneş daha doğmadan. Akşamdan kalan korları canlandırıp yeni bir ateş yakıyorum. Buradaki son günümüz mü yoksa daha günlerce burada mıyız bilmiyorum.

Bildiğim tek şey az sonra Adnan Abi'nin uyanıp yanıma geleceği ve hiçbir şey söylemeden şefkatle sırtımı sıvazlayacağı. Matruşka ağlayarak uyandığında onu Efsun Abla'nın kucağından alıp altını değiştireceği. Efsun Abla'nın bu sırada gözlerini açıp sonra yeniden kapayacağı. Benim ateşte pişirdiğim kahvenin kokusunun denizden gelen mazotla karışık yosun ve lağım kokusuna karışacağı. Hülya'nın hepimizden çok sonra uyanacağı. Hepimizin bir güne daha dünü ya da yarını değil sadece o ânı düşünerek başlayacağı. Ve hayata mesnetsiz bir inançla sarılacağı.

Onlara o terk edilmiş apartmandan bahsetmiyorum. O incir ağacından bahsetmiyorum. O martıdan bahsetmiyorum. Devran'dan da bahsetmiyorum.

Kahvemi sessizce içip denize bakıyorum.

Sessizliği Efsun Abla'nın çatlak sesi bozuyor.

"Adnan hepimizin eskiden ne iş yaptığını biliyoruz, bir seni çözemedik," deyiveriyor. Sanki bunu daha önce defalarca konuşmamışız gibi. Sanki Adnan Abi her defasında geçmişini hatırlayamadığından daha fazla, geçmişinde olabilecekleri tahmin ettiğinde üzülmüyormuş gibi.

"Ellerine bakalım," diyor Efsun Abla. "Eğer ellerinle yaptığın bir işse muhakkak bir işaret vardır."

"Sabah sabah," diye söyleniyor Adnan Abi.

Efsun'un oyununa ben de katılıyorum, "Tamam," diyorum. "Hadi bakalım."

Adnan Abi isteksizce ellerini uzatıyor. Biz onun ellerine evire çevire bakarken o da kendi ellerine bir başkasının ellerine bakar gibi dikkatlice bakıyor.

Eller kocaman. Parmaklarının eklemlerinde kalın tüyler var. Parmaklarının uçları iri iri. Tırnakları düzgün ve geniş. Herhangi bir yara izi yok. Sadece sağ elinin işaret parmağının içinde bir nasır. Kalem tutarmış Adnan Abi.

"Sen de bunun gibi yazar, şair falan olmayasın Adnan?" diyor Efsun Abla kahkaha atarak.

"Bunda gülünecek ne var Efsun Abla?" diyor uykudan yeni uyanan Hülya.

Adnan Abi şaşkın, "Yazar mı?" diye soruyor. "Sanmam. Hayal gücüm kıttır benim."

"Belki de değildir," diyorum. "Sen sadece başkalarını değil kendini de hatırlamıyorsun. Eskiden hayal gücün genişti belki. Hem yazarlık sadece hayal gücü demek değildir. Empatin yüksektir? Vicdanlısındır? Meraklısındır? İfade yeteneğin vardır? Kendine güvenin tamdır?"

Adnan Abi bana dönüp ciddi bir merakla, "Yazar olmak için bunlar mı lazım?" diye soruyor.

"Hepsi değil tabii. Ama herhangi birinin olması yazabilmek için yeterli sayılır."

"O zaman ben de yazabilirim," diye atılıyor hemen Efsun Abla. "Tüm o saydıklarına bir de yaşanmışlıkları ekle. Oscar verirler lan ben yazsam."

"Oscar değil Nobel o," diye tıslıyor Hülya.

"Her ne boksa işte, ödüller verirler bana!"

Verirler Efsun Abla. Ben olsam sana tüm ödülleri veririm. Bütün birincilikleri. Bütün nişanları takarım, bütün madalyaları. Başını, omuzlarını, kollarını rengârenk çiçeklerden taçlarla donatırım. Bir taht yaparım sana, bir baht yazarım sana, bir krallık kurarım sana. Yaşadıklarının hepsini anlat, o anlattıklarının içinde ben de olayım isterim. Senin hikâyenin son kahramanı olabilmek için canımı veririm.

"Sadece yazmaya çalışan biriydim belki de? Beceremeyen. Bir türlü tutturamayan. Yazdıkları anlaşılmayan. Beğenilmeyen. Sevilmeyen. O yüzden deliren biri de olabilirim."

"Bakkal da olabilirsin. Devamlı veresiye defterine yazan!"

Efsun Abla duramıyor, kahkahalar atarak art arda sıralıyor.

"Ya da manav. Belki nalburdun ya da tuhafiyeci. Esnaftın sen Adnan. Kocaman bir defterin vardı. Kimse aldığının parasını vermiyordu. Hep veresiye yazıyordun. Siliyordun. Elinden kalem düşmüyordu. Sinirli sinirli dolduruyordun defterleri. O kadar sinirliydin ki kalemi bastırmaktan yara oluyordu parmağın!"

"Neden üzüyorsun adamı Efsun?"

Soru Hülya'dan. Neden diye sorulmayacağını bilmezmiş gibi Efsun Abla'ya.

"Nedeni yok," diyor Efsun Abla pişkin pişkin. "Sadece hayal gücüm geniş."

Ellerini hâlâ çekmemiş Adnan Abi. Bizi duymuyor gibi, gözlerini ileri doğru uzattığı ellerine sabitlemiş, belki de ilk kez, "Kimdim ben?" diye düşünüyor. Oysa kimse kimdi, bunu en iyi o biliyor. Bazen en iyi bildiklerimiz hiç bilmediklerimizdir. Şu anda ve her anda, her zaman sadece Adnan o. Tüm kimliklerinden, tüm bağlarından arınmış. Ne birinin babası, kardeşi, arkadaşı ne de birinin dostu ya da düşmanı. Sadece kendisi. Kim her şeyden arınıp da sadece kendisi olmak istemez?

"Ben istemem," diyor Hülya.

Hiçbirimiz, "Neden?" diye sormuyoruz. Çünkü biliyoruz. Hülya kendisini sevmiyor. O yüzden kendisini kendisinden bile gizliyor. O kıyafetler, o makyaj malzemeleri, o çantalar, o tuhaf bakışlar, o erkekler, o uyuşturucular, o uyarıcılar, o sevişmeler, o delirmeler, o her gece başka başka adamlarla ölüp ölüp dirilmeler... Hepsi kendisine tahammülü olmadığından. Kendisine tahammül edemeyen Hülya, bize nasıl tahammül ediyor?

Eğer ona bunu sorsam, "Size tahammül etmiyorum, sizi seviyorum," demek ister, diyemez. O yüzden sormuyorum. Biz birbirimize bir şey sormadığımız için, biz diye bir şey var. Kimse kimsenin gerçeğiyle ya da yalanıyla ilgilenmiyor. Bu küçük klanda herkes o yüzden dilediği haliyle var olabiliyor. Ben bile.

Ateşin başında oturmuş denize bakarken ve bir geceyi daha başımızda bir çatı olmadan geçirmenin huzursuzluğunu yaşarken bunlar geçiyor aklımdan.

Biz bu koca şehirde nereye saklanacağız? Kaderlerimizden nasıl kaçacağız? Nasıl sadece kendimiz olarak kalacağız? Matruşka'yı ne yapacağız?

32

Akşam tam yatmışız, uykuya dalmışız, tepemde bir polis. Sanki günlerdir beni arıyormuş gibi.

"Kalk," diyor, "gidiyoruz."

"Nereye?"

"Karakola?"

"Neden?"

"Gidince öğrenirsin."

Aslında biliyorum neden götürüldüğümü. Bir adam öldürdüm ben. Köpekler şikâyet etmiş olmalı. Ya da surlar dile gelip konuştular. Martı söylemiş olabilir. İncir ağacı ötmüştür belki. Devran, bizzat kendisi de polise gidip anlatmış olabilir. Ölmemiş olabilir. Köpeklerin elinden kurtulmuş olabilir. Peşime düşmüş olabilir. Her şey olmaması gerektiği gibi olabilir.

"Gidiyorum ben."

Herkes uyanmış. Kimsenin ağzından tek kelime çıkmıyor. Sadece korkuyla polise bakıyorlar. Ya Matruşka da uyanırsa? Ya Matruşka ağlarsa? Ya, "Bu bebeğin ne işi var sokakta!" derse polis?

Ama polis onları umursamıyor. Derdi benimle.

Efsun çatlak sesiyle, "Yanlış adamı şikâyet etmişlerdir komiserim," diyor gencecik polise.

Hülya ailemin beni aradığını ve nihayet bulduğunu düşündüğü için çok üzgün.

Adnan Abi korkuyor, "Ya benim hakkımda da bir şikâyet varsa," diye koca vücudunu büzmüş, kendi içine saklanıyor.

Matruşka, Hülya'nın kollarında mışıl mışıl uyuyor.

Polis fazla soru sormasın, Matruşka'ya takılmasın, Adnan Abi'yi kurcalamasın, Efsun Abla'yı sorgulamasın diye hemen toparlanıyorum. "Tamam," diyorum. "Gidelim."

Başıma gelecek her şeye razıyım.

Yolda hiç konuşmuyoruz. Tepemizde bir martı uçuyor. Kafamızı kaldırıp ona bile bakmıyoruz.

Hemen birkaç sokak ileride tek katlı dar cepheli bir binaya giriyoruz. Kapısında karakol yazıyor ama daha çok bir kulübeye benziyor. İçeri girer girmez, kapının karşısındaki masada oturan yaşlı polis, "Hemen komiserin yanına," diyor.

Bir koridora sapıyoruz. Yürüyoruz, yürüyoruz, yürüyoruz... Koridor kıvrıla kıvrıla bir sonsuzluğa gidiyor. Küçücük binanın içinde bu kadar derin bir yolculuk. Kafam karışıyor. Koridorun sonunda bir kapı. Genç polis kapıyı usulca tıklatıyor. İçeriden tok bir ses, "Gel!" diye kükrüyor.

Polis omuzlarını yukarı kaldırarak küçülüyor ve önünü ilikleyip ürkek bir sincap gibi kapıyı açıyor.

"Geldik komiserim."

Geldik komiserim.

Komiserin odası neredeyse bomboş. Kapının karşısında gri metal bir masa, üzerinde eski tip kocaman bir bilgisayar ekranı, yanında üst üste dizilmiş soluk pembe kartondan klasörler, siyah bir delikli zımba, birkaç boş teksir kâğıdı. Masanın arkasına biraz fazla yükseğe asılmış koyu kahverengi çerçeveli soluk bir bayrak fotoğrafı. Altında iki yıl öncenin saatli maarif takvimi. Masanın önünde derisi yer yer parçalanmış bir koltuk. Kapının yanında tahta bir iskemle. İskemlenin üzerinde bir köpek.

Kebuz.

Karşımda alnında kurşun deliği olan bir adam.

Ölü Komiser.

"Ne bakıyorsun öyle etrafa haciz memuru gibi?" diye dikleniyor bana komiser. Polise de, "Sen çık," diyor.

Başka ne diyeceğimi bilmediğim için, "Affedersiniz," diyorum.

Affedersiniz.

Aslında komiserden değil, komiserin alnının tam ortasındaki delikten özür diliyorum. Gözümü o delikten alamıyorum.

33

Karısı tarafından ya da Köpek Ahmet tarafından kendi beylik tabancasıyla tam alnından vurularak öldürülen ve şu an alnındaki koca delikle karşımda üçüncü gözü olan bir kör gibi duran komiser, gözlerini tavana dikmiş, kalbimin ve beynimin titreşimlerini bir org resitali dinler gibi dinliyor.

Bedenimden çıkıp tüm odaya yayılan o titreşimlerin Ölü Komiser tarafından nasıl bir alfabeyle deşifre edildiğini bilememenin tedirginliğiyle kahrolan zihnim, suçluluğumu ve masumiyetimi tartabilecek bir terazi arama telaşıyla iyice karışıyor. Bu karmaşanın içinden çıkmanın tek yolu, benim de onun titreşimlerine odaklanmamam.

"O gece ne olduğunu merak ediyorsun değil mi it?" diyor titreşimler.

"Dinle," diyor. "Anlatacağım sana her şeyi Köpek," diyor. Titreşimler.

"Ben Köpek Ahmet değilim," diyemiyorum. "Ben Musa, şairim," de diyemiyorum. Bir emir eri gibi, kulaklarımı kabartmış, onu dinliyorum.

"O gece eve her zamanki gibi sarhoş geldim. Karıma, o yaşlı cadıyı, tuvalet kapısında duran o deli karıyı nasıl arzuladığımı anlattım. Seni sevmiyorum, dedim. Onu istiyorum ben, dedim. İttim karımı, düştü, tekmeledim, ağladı, bir daha tekmeledim, hıçkırdı. O hıçkırdıkça anlattım. O kadına nasıl kapıldığımı anlattım. Geceleri pavyon tuvaletinde onu nasıl becerdiğimi anlattım. Bir erkek arkadaşıma anlatır gibi. Tane tane, şehvetle."

Titreşimler. Lanetli titreşimler. Odada komiserle ikimiz yalnız değiliz. Ölü Komiser'in gerçekten ölü olan karısının titreşimlerini de hissediyorum. Köpek Ahmet de burada, Efsun da, Hatçe de. Ben ve Efsun'un hayalleri ya da gerçekleri, hepsi, hepimiz şu an bu odadayız. Kalabalık bir titreşim ordusu küçük bir deprem gibi, hayatı ve ölümü, gelmişi ve geçmişi, gerçeği ve hayali şu anda, bu odada tekrar ve tekrar gerçekleştiriyor. O da titreşimleri dinliyor mu diye Kebuz'a bakıyorum, artık yerinde yok köpek. Oturduğu sandalyeden inmiş, benim içimden geçmiş, zamanı terk edip gitmiş. Dağlarda şimdi. Uzaklarda. Başka zamanlarda. Hatçe ile birlikte kırlarda.

Sandalyede onun yerinde komiserin karısı oturmaya başlamış.

Üzerinde uzun pazen bir sabahlık. Ayağında terlikler. Saçları darmadağınık. Gözleri ağlamaktan kızarmış. Dudakları kemirilmekten yara içinde. O da aynı geceyi anlatıyor.

"O gece eve her zamanki gibi sarhoş geldi. Bana o yaşlı cadıyı, tuvalet kapısında duran o deli karıyı nasıl arzuladığını anlattı. Seni sevmiyorum dedi. Onu istiyorum ben dedi. İtti beni, düştüm, tekmeledi, ağladım, bir daha tekmeledi, hıçkırdım. Ben hıçkırdıkça anlattı. Ona nasıl kapıldığını anlattı. Ben evde onu beklerken pavyon tuvaletlerinde onu nasıl becerdiğini anlattı. Bir erkek arkadaşına anlatır gibi. Tane tane, şehvetle anlattı. O ağzından tükürükler saçarak konuşurken, ben üzerimde uzun pazen bir sabahlık, ayağımda terlikler, saçlarım darmadağınık, gözlerim ağlamaktan kızarmış, dudaklarım kemirilmekten yara içinde, ayakta dimdik durarak, lafı bitene kadar hiçbir tepki vermeden onu dinledim. Sonra, eve girer girmez göbeğini daha da ileri fırlatan ve belini sıkıp sıkıp etinde iz bırakan meşin kemerle birlikte çıkarıp masaya bıraktığı beylik tabancasını ani bir hamleyle alıp, gözünün içine baka baka yakından, en yakından, tam alnından vurdum. Onu vurdum."

"O an öldüm ben."

"O an öldü o."

Ölü Komiser ve gerçekten ölü karısı, çift sesli bir koro gibi alto ve bariton, birbiri ardına susmamacasına titreşiyorlar havada. Komiser defalarca "Öldüm" diyor, karısı defalarca "Öldü" diyor ve zaman içinde gerçekleşmiş tüm ölümler bir kedi merdiveni olup o odada döne döne bir yükseliyor, bir iniyor. Benim etime değiyor, iliğime işliyor, kalbime kadar ulaşıyor. Zamanın tüm ölümlerini o an kaderimde hissediyorum.

Derken titreşimler aniden diniveren bir rüzgâr gibi kesiliyor. Sonra bir süre derin bir sessizlik. Aynı anda odadaki ışık da azalıyor, azalıyor ve her yer kararıyor. Zifir. Zifirin içinde duvarda hareli bir ışık beliriyor. Başlangıçta ufacık bir nokta gibiyken hızla genişleyip tüm duvarı kaplayan bir ışık.

Ölü Komiser ışığın önünde bir siluet gibi. Görünmez iplerle gökyüzüne bağlı bir kuklaymışçasına kesik hareketler yaparak, belindeki meşin kemere takılı tabancayı çıkarıyor. Karısının onu alnından vurduğu beylik tabancasını. Namluyu alnındaki deliğe dayıyor ve ters ışıkta dev bir gölgeye dönüşüp, sorgudaki bir suçlu gibi anlatmaya başlıyor.

"Karım beni vurduktan sonra tabancayı kendi şakağına dayadı. Ama az önce beni vururken çalışan tetik o an tutukluk yaptı. Bir kere denedi, olmadı. Bir daha denedi, yine olmadı. Tabancayı masaya bıraktı. Ben yerde boylu boyunca yatıyordum. Ölüyordum. Bana tiksinerek baktı ve sanki yatmaya gider gibi ağır adımlarla pencereye doğru yürüyüp kendisini camdan aşağıya attı.

Yattığım yerden onu seyrettim. Alnıma açılan deliğin acısını ya da o delikten bir damla kan bile akmamasının şaşkınlığını hiç duymadan, hiçbir şey hissetmeden ardından bakakaldım. Kendisini öldürürken bile sıkıcı görünüyordu. Heyecansız. İsteksiz. Bereketsiz. Uçamayan hımbıl bir kuş gibi pencerenin pervazından aşağıya kaydı. Sabahlığının eteği kanat gibi açılmış olmalıydı. Yere düşme sesini duyana kadar kıpırdamadım. Sesten hemen anladım. Öldü. O gerçekten öldü.

Yattığım yerden kalktım. Sağ elimin işaretparmağıyla alnımdaki deliği yokladım. Masanın üzerindeki silahı alıp belimdeki meşin kemere taktım ve kapıyı çekip çıktım. Buraya geldim. Bu odaya. Bu sandalyeye oturdum ve başımı kollarımın arasına alıp uyudum. Sabah beni burada buldular."

Sabah komiseri odada bulduk.

"Karımı da bahçede bulmuşlar."

Karısını da bahçede bulduk.

"Olanları olduğu gibi anlattım."

Olanları olduğu gibi anlattı.

"Olayı soruşturan savcı ne anlattıysam inandı."

Ne anlattıysa inandık.

"Alnımda kendi silahımdan çıkma bir kurşun deliği vardı."

Alnında kendi silahından çıkma bir kurşun deliği vardı.

"Tetikte karımın parmak izi."

Tetikte karısının parmak izi.

"Karımın sağ elinde barut izleri."

Karısının sağ elinde barut izleri.

Komiserin anlattıklarını dinlerken üşümeye başlıyorum. Alnından vurulduğunda kafatasının dağılması gerekirken, muntazam bir delikle yattığı yerden kalkan ve hayata kaldığı yerden devam eden komiserin anlattıkları, şimdiye kadar duyduğum en garip şeylerden biri.

Gün ışığı görmemiş bir lahite benzeyen odanın içine güneşin doğmasıyla birlikte artık sabah olduğunu anlıyorum. Aydınlanan ortamda titreşimlerden eser kalmamış. Pencereden yoğun bir sis görünüyor. Gerçekler ve hayaller o sisin içinde iyice birbirine giriyor. Ben buradan hiç çıkamayacakmışım, Efsun Abla'nın yanına dönemeyecekmişim, Matruşka'yı bir daha hiç göremeyecekmişim, Adnan Abi'nin sesini bir daha asla duyamayacakmışım, Hülya'yı dudaklarından son kez öpemeyecekmişim gibi geliyor.

34

"Otur lan," diyor komiser.

Alnındaki deliğe bakarken yakalandığım için kulaklarıma kadar kızarıyorum.

"Oturdum komiserim."

Komiser çenesiyle masasının önündeki deri koltuğu işaret ediyor oturmam için ama ben koltuk yerine kapının hemen yanında, önce Kebuz'un sonra da Ölü Komiser'in gerçekten ölü olan karısının oturduğu ama artık boş olan, bomboş olan tahta sandalyeye çöküyorum.

"Böyle daha iyi," der gibi gözlerimi kısıp omuzlarımı hafifçe yukarı kaldırıyorum. Komiser üstelemiyor. Bir an önce konuya gelmek istiyor ama bir süre karşılıklı susuyoruz.

Oysa ben ona "Devran?" demek istiyorum.

"Devran'ı öldürdüğümü bilmiyor olamazsınız. Beni Köpek Ahmet sanıyor olamazsınız," diyemiyorum. Başımı eğmiş, suçlu gibi dizlerimin üzerine koyduğum ellerime bakıyorum. Başımı kaldırsam, gözüm yine komiserin alnındaki kurşun deliğine takılacak diye korkuyorum. O da benim dizlerime bakıyor. Sanki ikimiz birden aynı şeyden utanıyoruz. Âşık olmamamız gereken bir kadına âşık olmaktan.

Aklımdan Efsun geçer geçmez komiser kafasını kaldırıp tam gözlerimin içine bakıyor. Sanki çok kötü bir şey duymuş gibi, oturduğu yerden muazzam bir yavaşlıkla hareket ederek kalkıyor. Alnındaki delik hızla büyümeye başlıyor. Neredeyse yüzünün tamamını kaplayacak. İçinden alev çıkan gözleri aniden yüzünün iki yanına doğru kayıyor. Burnu aşağıya, dudaklarının yanına akıyor. Zaman yavaşlayabileceği kadar yavaş, hava ağırlaşabileceği kadar ağır. Komiser, Ölü Komiser, sanki bir şey söyleyecek de söylememek için kendisini zor tutuyor. Susarak kuduruyor. Kamburlaşıyor. Bir şeyi içine atmış, bir şeyi yutmuş, nefesini tutmuş, büyük ama kimselerin taşıyamayacağı kadar büyük bir suskunluğu benim üzerime kusuyor.

Artık odada yerçekimi yok. Her şey havada. Ve komiser her şeyi, masayı, deri koltuğu, benim oturduğum tahta sandalyeyi, duvardaki bayrak resmini, karton dosyaları, teksir kâğıtlarını, telefonu, daktiloyu ve hatta beni hızla kuşatan ağır boşluğun içinden kayarak uçar gibi, zaman da mekân da artık bu odada yokmuş gibi, ayakları yere basmaksızın havada yürümeye başlıyor. Pencereye doğru. Sırtı odaya dönük. Yüzü gökyüzüne.

"O gece beni alnımdan ikiniz vurdunuz. Karımı camdan aşağıya ikiniz attınız. Cesetlerimizi Kebuz'a parçalattınız. Efsun'la sen Ahmet. Efsun'la sen..." diyor.

Komiserin son cümlesi odada yankılanmaya başlıyor. Kulaklarımın içini kum taneleri gibi dolduran harfler oradan beynime doğru akıyor. Beynim karıncalanıyor. Kulaklarım, o kum taneleri gibi beynime akan harflerin çıkardığı tiz sürtünme efektleriyle çınlıyor. Kalbim, sanki bir kilisenin dev çan kulesi. Çalıyor da çalıyor. Koşmuşum da koşmuşum da koşmuşum da susuz kalmışım gibi, bir hayvan gibi nefesim. Ben de diğer eşyalar gibi, bir eşyaymışım gibi odanın boşluğunda uçuyorum şimdi.

Komiser derinden gelen, başka bir zamandan gelen, alnındaki delikten gelen bir çığlık atıyor.

"Hepimizi, herkesi siz öldürdünüz. Cesetlerimizi Kebuz'a yedirdiniz."

Boşluk birden kayboluyor. Zaman hızlanıyor. Masa, sandalye, duvardaki bayrak resmi, karton dosyalar, teksir kâğıtları, telefon, daktilo ve ben eski yerlerimize dönüyoruz. Düşüyoruz.

Komiser hâlâ pencerenin önünde ve havada. Bir o düşmüyor. Kendi yerçekimsizliğiyle, yüzü pencereye dönük, derin derin nefes alıyor. Zamanı da mekânı da o anda orada yutuveriyor.

Camdan dışarı ve kim bilir nereden içeri bakıyor.

Ben ter içindeyim. Nefes almakta zorlanıyorum. Ağzımı açıp tek kelime edemiyorum.

"Ben Musa. Şairim. Evimi, karımı, çocuğumu, işimi, kendi gerçeğimi terk ettim. Başkalarının gerçekliğine sığındım. Sokaklarda yaşıyorum. Efsun'a âşığım. Onunla birlikte bir cinayet işledim. Ama başka kimseyi öldürmedim," diyemiyorum.

Ne bu? Bir hayal mi? Bir kâbus mu? Anlayabilmek için komiserin yüzünü görmeye çalışıyorum. Komiserin bir yüzü var mı hâlâ?

"Benden ne istiyorsunuz komiserim?"

"Eve dön şair, evine dön!"

Derin bir nefes alıp gözümü kapatıyorum.

İyi. Komiser beni tanıyor. Şair olduğumu biliyor. Köpek Ahmet zannetmiyor.

35

"Köpek de şiir yazardı, biliyor musun Musa?"

"Bilmiyorum Efsun Abla. Bilmek de istemiyorum."

İskelenin denize inen merdivenlerindeyiz. Rüyalar üzerine konuşuyoruz. Efsun Abla hayatın külliyen bir rüya olduğundan adı gibi emin; kimsenin gerçekten ölmediğinden de.

"Saçmalama," diyorum ona. "Devran öldü mesela. Kendi ellerimle aldım canını."

"O kadar emin olma. Dokuz canlıdır o."

Efsun Abla'nın hayal dünyasıyla benim gerçekçi dünyam arasındaki dağlar o an yıkılıveriyor.

"Ben dün bir rüya gördüm Efsun Abla."

"Sen Ölü Komiser'i gördün şair."

"Böyle konuşmayın," diyor Hülya. "Korkuyorum."

Gerçekten korkuyor. Her şeyden. Rüyalardan, olanlardan, olacaklardan, bizden, kendinden. Efsun'sa korku nedir bilmiyor.

"Gençken sen de korkar mıydın?" diyor Adnan Abi, Efsun Abla'ya.

Efsun Abla'nın hiç genç olmadığını, çocukluktan kadınlığa nasıl geçtiğini unutuyor. Efsun soruya gülüp geçiyor.

"Ne korkması be! Demirden korkan trene binmez.

Ben hiç korkmadım ama korku saldın mı dersen, çok derim. O Ölü Komiser'in ödü kopar mesela benden. Kâbuslarında hep beni görür, kimselere anlatamaz. O gece her şeyin benim gözlerimin önünde olup bittiğini söyleyemez."

"Hangi gece Efsun Abla? Hangi gece?"

"Her gece be şair, her gece! Pavyona geldiği geceler, tuvalette annemi becerdiği geceler, eve gidip karısını hırpaladığı geceler, kadının onu alnından vurduğu geceler, kadının kendisini pencereden aşağıya attığı geceler..."

Efsun Abla yine şiir yazıyor hayata. Benim rüyamı o görmüş, benim hayallerimi o kurmuş gibi.

"Dün gece kim kimin rüyasını gördü iyi düşün şair," diyor. "Belki de Ölü Komiser senin kâbusunu gördü?"

Ben daha rüyamı anlatmadan anlayan Efsun Abla; birbirimizin rüyalarını görmeye başladığımız anda dünya durur mu yoksa daha da mı hızlı döner, merak ediyorum. Ben bir rüya mı gördüm yoksa gerçekten karakolda mıydım? Zaman geriye mi aktı, ileriye mi gitti? Aslen senin başına gelenler neden benim başıma da geldi?

Hülya'ya bakıyorum. Bizi dinlemekten vazgeçmiş. Kucağında Matruşka, elinde telefon kaygısızca birileriyle mesajlaşıyor.

Adnan Abi de Efsun'un söylediklerini hiç duymuyor gibi. Elinde bir çakı, küçük bir tahta parçasından bir köpek yüzü oyuyor. Ayaklarımızın dibinde dumanı ağır ağır tüten cılız bir ateş yanıyor. Sanki iki sokak ötede dipsiz bir karakolda gerçekten ölü bir komiser yaşıyor.

"Efsun Abla tam olarak bir anlatsana, ne zaman oldu şu Ölü Komiser meselesi?"

"Ne yapacaksın sen Ölü Komiser'i? Ben çoktan dürdüm onun defterini. Kurcalama. Şimdiye bak sen şair, şimdiki zamana."

Efsun Abla'nın geçmişinde hep büyük dramlar. Dünyadan büyük, hayattan büyük, zamandan büyük.

Kırlara kaçıp kaçıp ağaçlarla konuşurken ahıra kapatılınca birden dilsizleşen ve kucağındaki bebekten başka kimseye tek kelime etmeyen, geneleve satıldıktan sonra tuvaletlerde yaptığı sayısız düşüğün üzerine sifon çeke çeke on yıl içinde bir enkaza dönüşen ve nihayetinde bir pavyonun tuvaletini temizlerken bir gün, elindeki süpürgeyi ve hortumu yere atıp, cebinden çıkardığı kör jiletlerle bileklerini kesip ölüveren Hatçe'nin yokluğunda iyice korunmasız kalan bir çocukluğu unutmak kolay değil.

Annesinin kırlara geri döndüğüne inanan ve onun çöpü gibi geride kalıverdiğini anladığında da hayatını sürdürmek için bedenini satmaktan başka bir seçeneği olabileceğini hiç aklına getiremeyen küçük bir kız çocuğunu asla bağrına basmayan bir hayatı unutmak kolay değil.

Hele bunları şimdiki zamanın dışında tutmak, hiç kolay değil.

Sen kimsin Efsun Abla? Sen nesin? Bu ağır hikâyenin hayatta kalabilmiş tek kahramanı olmanın acısını, ölmüşleri zihninde hâlâ canlı tutarak mı çıkarıyorsun? Hiçbir yeri ve hiç kimseyi terk etmiyorsun. O köy, o kırlar, o ahır, o genelev, o pavyon, o tuvalet... hâlâ dimdik ayakta ve içinde senin geçmişinden çıkıp çıkıp, bugününde hâlâ yaşamakta.

Ölülerini gömmüyorsun. Öçlerini alıp bitirmiyorsun. Acılarını bile çekmiyorsun Efsun Abla. Kestiğin bacaklarını köpeklere atan adamı ben öldürdüm, sen öldürmüyorsun. O bacakları yiyen köpekleri ellerinle beslemeye devam ediyorsun. Hayaletlerle sarılı her yanın. O hayaletlerin çekip gitmesine izin vermiyorsun. Bizimle birlikte şehirde sürünüyor onlar da. Uyurken başımızda bekliyorlar. Rüyalarımıza giriyorlar. Acımasızlığınla vicdanın bir olmuş hepimizin aklını karıştırıyor.

Efsun Abla. Efsun Abla. Efsun Abla. Ah Efsun Abla.

İsmin yüzünden mi böylesin, böyle olduğun için mi ismin Efsun?

36

"Belki de Efsun değildir ismim şair."

"Anadili, ağaçların dili olan bir kadının adı her halükârda Efsun'dur," diyor Adnan Abi.

"Lanet gelsin ağaçlara da dillere de. Annemden tek şey öğrendim ben, o da hayatta kalmak. Bokun içinde boğulurken bile. O bana bunu bileklerini kör jiletlerle keserek öğretti. Hayatta kalamayarak, delirerek ve ardında her türlü kötülüğe maruz kalacağı alnına kazınmış bir kız bırakarak siktirip gittiği anda konuştuğu küfür dilini öğrendim ben ondan. Ben ondan, hayata da insanlara da insanlığa da lanet etmeyi öğrendim. Konuşturma beni şimdi çocuğun yanında."

Matruşka'nın yanında konuş Efsun Abla. Ona hayatı öğretiyoruz ya...

Baştan beri susan ve telefonuyla oynayan Hülya nihayet lafa karışıyor.

"Biz bu çocuğa hiçbir şey öğretemeyiz. Ne öğrenecekse kendisi öğrenecek dedim size. Neden inanmak istemiyorsunuz?"

Hülya doğru söylüyor. Apriori bilgiyle doğdu bu bebek de. Kendisiyle birlikte gelen bir aklı var. Ona göre şekillenecek etrafından. Ama etrafında biz varız. O aklın tanıyacağı ilk insanlarız.

"Apriori de ne be! Anladığımız dilden konuş şair!"

"Şair dediğinin işi, anladığınız dilden konuşmak değil, anlamanız gereken yeni bir dil kurmak Efsun Abla."

"Bir adam öldürdün Musa, bu şairin yapacağı bir iş mi?"

Hadi, bir şairin yapacağı ve yapmayacağı şeyleri düşünelim. Şair her şeyi ama her şeyi yapabilir. Hırsızlık yapabilir, cinayet işleyebilir, yalan söyleyebilir, ailesini terk edebilir, olmayacak insanlara âşık olabilir, sevişilmeyecek insanlarla sevişebilir, gidilmeyecek yerlere gidebilir, dönülmeyecek yerlerden dönebilir, kurulmayacak hayaller kurabilir, görülmeyecek rüyalar görebilir. Bir şairin herhangi bir insandan tek fazlası vardır. Kelimelerle sadece büyü yapmayı değil kara büyü yapmayı da bilir. İnsanlığın aklı olsa, Ortaçağ'da kadınlardan önce şairleri yakarlardı.

"Yaktıkları o kadınların şair olmadığını nereden biliyoruz?"

Hülya susuyor, susuyor, o kısık sesiyle yine en söylenmeyecek şeyleri söylüyor. Bilmiyoruz Hülya. Tıpkı senin de bir şair olup olmadığını bilmediğimiz, bilemediğimiz gibi.

Adnan Abi de acımasız bugün.

"Sen bizi şiirle sınıyorsun şair. Ama biz seni gerçeklerle sınıyoruz. Senin işin bizimkinden daha zor. Şiire sığınır insan ama gerçeklerden kaçar. Senin imtihanınla bizim imtihanımız birbirinden çok farklı. Biz sana soruyoruz, 'Sen Devran'ı neden öldürdün?' diyoruz. Bir gerçeği sana hatırlatmak istiyoruz. Sen bize şiirli laflar ediyorsun."

Ben Devran'ı neden öldürdüm?

Ben Devran'ı Efsun Abla istedi diye öldürdüm.

Ben Devran'ı kendim istediğim için öldürdüm.

Ben Devran'ı Efsun Abla onu hâlâ seviyor diye öldürdüm.

Ben Devran'ı Efsun Abla artık beni sevsin diye öldürdüm.

"Bu, bir şairin bacaklarını dizlerinin altından kesmiş yaşlı bir orospunun aşkını kazanmak için yapacağı iş mi?"

"Tam da o iş Adnan Abi, tam da o iş."

Efsun Abla köpürüyor, 'Yetti be şair! İyi ki bir adam öldürdün. Unut gitsin artık!' diye bağırıyor. Öfke onun en gösterişli sevme biçimlerinden.

Devran'ı unutmam için önce seni unutmam gerekiyor Efsun Abla.

"Sen kelimeleri de anlamları da şiirinle sömürüyorsun. Bu cezasız kalmaz Musa."

"Benim ödülüm de sensin, cezam da. Gerçeğim de sensin, şiirim de."

Birbirimize bağırıyoruz, bağırıyoruz, bağırıyoruz, sonra susuyoruz. Biz susunca, Hülya bir çocuk şarkısı söylemeye başlıyor Matruşka'ya. Sanki konuşulanları hiç duymazmış gibi. Sanki benim Efsun Abla'yı ondan daha çok sevmemi umursamazmış gibi.

Şarkı kırlardan bahsediyor. Bir küçük aslandan. Ölen bir babadan. Köyden kovulan yavrudan. Acıklı bir sondan bahsediyor. Umutlu bir hayalden.

Hepimiz birbirimize fark ettirmeden köyden kovulan o yavru aslana ağlıyoruz. Hiçbirimiz itiraf etmesek de, başımıza geleceklerden çok korkuyoruz.

37

Ailemi, işimi terk etmemin üzerinden mevsimler geçiyor. O kahve yıkılalı haftalar oluyor. Şehrin rengi, ışığı, sesleri, rüzgârları, gecesi, gündüzü defalarca farklılaşıyor.

Matruşka büyüyor, biz köhneleşiyoruz. Evi terk ederken üzerimde olan takım elbisenin pantolonu üzerimde lime lime. Adnan Abi'nin çöplerden bulduğu kazakları giyiyorum. Ayağımda artık kendi ayakkabılarım yok, arkasına basarak dolaştığım bir spor ayakkabıyla, aksaya aksaya yürüyorum. Başımda hâlâ Devran'ın beresi, yüzümde hiç iyileşmeyen irili ufaklı yaralar. Tırnaklarım uzadıkça onları Efsun kesiyor.

Vücudumuz pek su görmüyor. Arada sağdan soldan ıslak mendiller çalıyoruz. Onlarla hem kendimizi hem bebeğimizi siliyoruz. Adnan Abi'nin saçları ve sakalları birbirine yapışa yapışa uzuyor. Ağzındaki çürük dişler birer birer yok oluyor. Efsun tekerlekli sandalyesinde her gün sanki biraz daha kuruyup küçülüyor. İçimizde en bakımlımız Hülya. O arada otellerde kalıyor. Oradan arakladığı ne varsa, bizim şehrin boşluklarına sığışmış duvarsız, çatısız yuvamıza taşıyor.

Dilenerek kazandığımız bütün parayı Matruşka'ya yemek ve kendimize içki almak için harcıyoruz. Denizden tuttuğumuz balıklarla, arada marketlerden çaldığımız salam ve sucuklarla, çöpten bulduğumuz yemek artıklarıyla, biraz paramız olursa bakkaldan aldıklarımızla kurduğumuz kimi fakir kimi zengin sofraları, sırtımızı dışarıya kalbimizi içeriye vererek kurduğumuz çemberin ortasına konduruyoruz. Sonra o çemberin sıcaklığında tekinsiz uykulara dalıyoruz. Yanımızdan geçip giden koca bir şehrin vicdansızlığında kolayca görünmez oluyoruz. Ve her gece uykuya, bir sonraki gün, mucizevi bir şekilde başımızı sokacak bir dam bulma umuduyla dalıyoruz.

Çantamın dibindeki zarfta biriken paralar asla bir ev tutmaya yetecek miktara ulaşmıyor. Bazı günler dilenmeye çıkmıyoruz. O zaman hemen zulayı patlatıyoruz. Bazen de Hülya çulsuz kalıyor, paraları o araklıyor.

Sanki bir zamanlar bir evim hiç olmamış gibi, bir işim ve ailem yokmuş gibi, her sabah muhakkak duş alan, ütüsüz gömlek giymeyen, ortopedik olmayan yastıkta uyuyamayan, bankada duran birikimin, çocuğun geleceği için kaçınılmaz bir güvence olduğundan başka bir şey düşünmeyen bir adam değilmişim gibi, sanki Devran benmişim gibi, cebimdeki paraları çıkarıp çıkarıp tekrar tekrar sayıyorum. On lira, beş lira, üç lira, yirmi lira, elli lira, beş lira, bir lira toplaya toplaya, sadece günü kurtardığım bir ömür geçirmekten mutlu oluyorum.

Bu hayat, kendi kazandığı paranın, başkalarının kaybettiği para olduğunu görmeyi reddeden bir iradenin belirlediği değer seline kapılıp giden bu dünyada tutunduğum tekinsiz bir kaya. Her an yerinden oynayabilir, her an parçalara ayrılabilir, her an elim o kayadan kayabilir.

Ona tutunduğum sürece, şiirin karın doyurmayan değersizliğine meydan okumak, aşkın imkânsızlığına kafa tutmak hoşuma gidiyor. Çoktan ölmüş olması gereken bir bebeğin, asla alınmayacak sorumluluğunu alarak, önceden tasarlanmamış, mevcut düzen tarafından onaylanmamış, güven kalıplarına sığmayan ve canı burnunda olan geçici bir mutlulukla yetinmeyi göze aldığım için kendimi iyi hissediyorum.

O sabah o evden neden öyle çıkıp gittiğimi ve sokaklarda yaşamakla kendimi öldürmenin aslında aynı şey olduğu fikrine hızla nasıl ikna olduğumu hatırlamıyorum. Bir böceği bile incitemeyecekken bir insanın kafasını taşla ezip cesedini köpeklere yedirecek kadar vahşi birine dönüşmenin zehirli hazzıyla hâlâ şiir yazıyor olmanın büyülü hazzını birbirine bu denli yakın kılan hayata karşı duyduğum öfke, hızla hayranlığa dönüşüyor.

Her gece, "İyi ki ölümlüyüz lan!" diye kadeh kaldıran Efsun Abla'dan öğrendiğim aşkla, devamlı, "Bu çocuğu koruyamayacağız," diye söylenen Hülya'dan öğrendiğim aşk nasıl oluyor da aynı heyecanı veriyor?

38

Hülya yine Matruşka'ya, köyden kovulan küçük aslanın şarkısını söylüyor.

"Duyduğum en korkunç çocuk şarkısı bu!"

Efsun Abla sinirli. Hülya'ya mı yoksa şarkıya mı emin olamıyorum. Adnan Abi onu yatıştırmak istiyor.

"Ama bak, sonu pek hoşmuş."

"Babası harpte vurulmuş, çocuk köyden kovulmuş, hoş demekle hoş olmuyor hiçbir şey!"

Hülya şaşkın. Niyeti Efsun Abla'yı sinirlendirmek değil. Ama niyetlerle sonuçlar çok az birbirini tutar. Efsun Abla, Hülya ne yapsa sinirleniyor. Hülya neye niyet etse, iş hep başka yere varıyor. İnsan ilişkilerinin mikro boyutta tüm çıkmazlarını deneyimlemek için iki kişinin kısa bir süre bir araya gelmesi yeterli:

"Zırvala sen şair, zırvala. Kelimelerle oyna. Anlamlarla oyna. Sen onlarla oyalanırken başına gelenleri de hiç anlama. Kendini kandırıyorsun o fikirlerle, o şiirlerle."

"Ama seviyorsun şiirlerimi? Hem insanın kendisini kandırmasında ne sorun var?"

Bunu Efsun Abla'ya değil kendime soruyorum. Matruşka'ya bakıyorum. Ona bir gün tüm gerçekleri anlattığımızda inanacak mı? Ona hayat hikâyesini anlattığımızda, çöplükte bulunmuş bir bebek olmanın öfkesini bize kusacak mı?

"Biz hayatlarımız bize ait zannediyoruz ya, büyük yanılıyoruz Musa."

Adnan Abi asla sahip olamadığı bir hayatın ağır yükünün altından konuşuyor hep.

"Ne doğumumuz ne ölümümüz ne de doğumla ölüm arasında can çekişerek sürdürdüğümüz hayatlar bize ait. Başkalarının isteklerinden doğuyor, başkalarının istediği gibi yaşıyor ve başkaları yüzünden ölüyoruz. Bizim sandığımız hayat bizim değil, bizim sandığımız beden bizim değil."

"Peki Adnan Abi, öldürdüğümüz insanın hayatı bizim mi?"

"Senle ne alakası var o pezevengin ölümünün?" diye bağırmaya başlıyor Efsun. "Devran benim isteğimden doğdu ve benim isteğimden öldü. Al sana şiir. Nokta."

Şiir ver bana Efsun Abla. Nokta Efsun Abla. Nokta.

39

Adnan Abi o akşam elinde bir kitapla dönüyor yanımıza.

"Kutsal kitabı çöpe atmışlar."

Efsun, Adnan Abi'nin elindeki kitabı çekip alıyor, şöyle bir içine bakıp, "Bizim kutsal kitabımız değil bu," diyor.

"Bizim kutsal bir kitabımız mı var Efsun Abla? Senin bir tanrın mı var?"

"Benim tanrım falan yok. Ama başkalarının var. Kendi günahlarını temizlemek için bize para verenlerin tanrısı bizim de tanrımız sayılır."

Efsun kitabı açıyor, okumaya başlıyor.

"Babana ve anana hürmet edeceksin. Öldürmeyeceksin. Zina etmeyeceksin. Çalmayacaksın. Komşuna karşı yalan şahitlik yapmayacaksın. Komşunun evine tamah etmeyeceksin, komşunun karısına, yahut kölesine, yahut cariyesine, yahut öküzüne, yahut eşeğine, yahut komşunun hiçbir şeyine tamah etmeyeceksin."

Sonra kahkahayı patlatıyor.

"Lan, bunların hepsini yaptık biz!"

"Çocuğun kafasını karıştırma Efsun Abla!" diyor Hülya ve kucağındaki Matruşka'ya sıkıca sarılıyor.

Efsun Abla, Hülya'ya inat, elindeki kitabı fırlatıp bu sefer Matruşka ile konuşmaya başlıyor.

"Öyle, anaya babaya hürmet filan yok Matruşka. Bize de hürmet etmeyeceksin. Sonra, zina edeceksin. Bol bol zina edeceksin. Yoksa bok yoluna gidersin. Çalacaksın. Sana verilmeyeni gidip kendin alacaksın. Yalan söyleyeceksin. Ben öğreteceğim sana yalan söylemeyi. Her şeye ama her şeye tamah edeceksin. Sende olmayan ve başkalarında olan her şeye. Tek bir tanrıya bile inanırsan hakkımı helal etmem sana. Senin tanrın yok Matruşka. O başkalarının tanrısı!"

Hülya öfkelenir gibi görünse de aslında Efsun'u hayranlıkla dinliyor. Bundan cesaret alan Efsun, sandalyesini hızla yanaştırıp, bebeği kendi kucağına alıyor ve havaya atıp tutmaya başlıyor.

"Bir de öldüreceksin Matruşka. Ölmesi gereken kim varsa hiç acımadan sıkacaksın kafasına!"

Hepimiz buna kahkahalarla gülüyoruz. Bir bebek büyüyor ve bir din ölüyor.

Efsun Abla'yı susturmak mümkün değil. Bıraksak tüm kutsal kitapları oracıkta yakacak. Bıraksak tüm inançlıları kılıçtan geçirecek. Bıraksak tüm tanrıları gökten yerlere indirecek. Bırakmıyoruz.

"Sen daha Devran'a kıyamadın ya Efsun Abla. Bu şaire öldürttün âşığını. Kendin öldüremedin. Bir bebeğe nasıl olur da katil olmayı öğütlersin?"

Hülya acımasız. Hayat ona ne kadar acımasızsa o da bize o kadar acımasız. Tutarsızlıklar üzerinden bir adalet kuruyor ve o adaletin üstünlüğünden zerre taviz vermiyor. Sadece doğru bildiğini savunmak için hepimizi bir kalemde ezip geçiyor.

Evet, bana öldürttü âşığını Efsun Abla. Ben âşık olduğum kadının âşık olduğu adamı öldürdüm. Ben aşk için aşkı öldürdüm. Bir sineği bile öldüremeyen ben, öldürdüğüm adamın cesedini köpeklere yedirdim. Ve dinlere karşı verilen bireysel, küçük ve nafile bir savaşta gerçekliğe kurban gittim. Neden bu kadar acımasızsın Hülya?

"Hülya değil," diyor Adnan Abi. "Gerçekler acımasız şair."

Bir yandan da Efsun Abla'dan çekip aldığı Matruşka'yı uyutmak için kucağında sallıyor. Efsun Abla diyeceğini demiş, bizim ne düşündüğümüz ya da ne konuştuğumuz artık umurunda değil. Sigarasını yakmış, dumanını denize salıyor. Hülya tırnaklarını törpülüyor. Ben şişeyi kafama dikmiş şarap içiyorum.

Sanki bu adaletsiz dünyada sefil bir hayat değil de bir saltanat sürüyoruz.

Sanki ülkeyi, dünyayı hatta tüm evreni biz dördümüz yönetiyoruz.

40

"Polis geliyor," diyor Hülya.

"Polis geldi," diyor Adnan.

"Polis değil Ölü Komiser," diyor Efsun.

"Bu bir rüya," diyorum.

Bu bir kâbus biliyorum.

Gelen ne polis ne de Ölü Komiser. Üzerinde askerî kamuflaj kıyafeti olan çocuk yaşta bir tinerci. Başında ters takılmış bir kasket.

"Korkuttun lan bizi," diyor Efsun. "Ölü Komiser sandık seni."

"Siz benden daha korkunçsunuz abla, dedem yaşındaki komisere ne benzerim ben?"

Adnan Abi gülüyor. "Gel al bir fırt," diye şarap şişesini uzatıyor. Hülya, Matruşka'yı alıp uzağa kaçmış. Ben donup kalmışım.

Bu oğlan Ölü Komiser'i nereden biliyor?

"Tanıyor musun sen Ölü Komiser'i?"

"Tanımaz mıyım abi," diyor. "En iyi komiser ölü komiser."

"Dalga mı geçiyorsun lan," diye üzerine yürüyorum oğlanın. Adnan Abi beni zor zapt ediyor. "Dur be şair, ne dediğinin farkında mı? Baksana şu haline."

Ne varmış halinde?

Oğlan gözlerini zor açıyor. Ayakta durması bir mucize. Buram buram tiner kokuyor. Bir de Devran'ın gençliğine benziyor. Köpek Ahmet'in ta kendisi gibi görünüyor.

"Lan şaka," diyor oğlan. "Şaka! Ben bir ateş almaya geldim, sen ateş ediyorsun abi."

"Vay piçe bak piçe... Ne içiyorsan bize de ver yakışıklı," diye bir kahkaha patlatıyor Efsun Abla. Sinirlerim iyice tepeme çıkıyor.

"Ne o asfalyalar attı? Kıskandın mı yoksa veledi?"

Yok Efsun Abla. Kıskanmak değil bu. Şu anda ben bir imkânsızlıkla yüzleşiyorum. Elde tinerli bir bezle sokaklarda geçirilebilecek bir gençliği ıskalamanın ağırlığını iliklerimde hissediyorum. Yolları devamlı çatallanan bir kader atlasında, başkalarının yollarına özenmenin zehrini içime çekiyorum. Farkında değil misin, ben bu oğlanın, zamanında tiner içmemiş, zamanında sokaklara düşmemiş, zamanında aklını yitirmemiş yetişkinliğine benziyorum.

Oğlan Adnan Abi'nin yanına oturmuş. Adnan Abi oğlanın sigarasını yakıyor. "Ulan kıpraşma, ateş alacaksın," deyip gülüyor.

Oğlan başını Efsun Abla'nın uçlarına dayamış, hiçbirimizin bilmediği o dilde bir türkü söylüyor. Efsun Abla oğlanın kasketini çıkarıp kucağına koymuş, kirli elleriyle onun kıvırcık saçlarını okşuyor. Hülya hâlâ uzakta. Matruşka'ya sıkıca sarılmış, yardım ister gibi bana bakıyor.

Ben ne yapacağımı bilemiyorum.

Şu anda Matruşka'yı ve Hülya'yı kapıp gitsem giderim. Efsun'dan vazgeçsem geçerim. Adnan Abi'yi terk etsem ederim. Ama hiçbirini yapmıyorum. Sanki ben hiç korkmamışım gibi Hülya'ya, "Korkma," diye fısıldıyorum. Yerden aldığım bir izmariti ateşin koruyla yakıyorum. Efsun Abla'nın kucağındaki kasketi oğlanın başına geri takıyorum. İzmariti Efsun Abla'nın dudaklarının arasına sokuyorum. Sonra onu sandalyesinden kucaklayarak gece boyu sarmaş dolaş uyuyacağımız kartonun üzerine yatırıyorum.

Ben bunları yaparken Efsun Abla tek kelime bile etmiyor. Gözlerini kapatmış, derin nefesler alıyor. Tinerci çocuk hâlâ türkü söylüyor. Adnan Abi tinercinin elindeki bezi kendi eline almış, kokusunu derin derin içine çekiyor.

Efsun Abla cenin pozisyonunda. Ben ona arkadan sarılmışım. Hülya gelmiş bebeği Efsun'un kollarına bırakmış. Sonra bana sarılarak arkama yatmış. Adnan Abi üzerimizi battaniyelerle kapatmış. Kendisi buz gibi taşlara uzanmış. Tinerci, Adnan Abi'nin zulasındaki iki şişe şarabı araklayıp biz uyurken uzamış.

Sabah olmuş. Karşıdan batan güneş yine ardımızdan doğmuş. Yanımızdan gelip geçen, kronik bir telaşla işe giden insanların ayaklarının altında, bize mi yoksa onlara mı ait olduğu belirsiz bir sabaha daha uyanmışız.

Önce Adnan Abi. Sonra ben. Sonra Matruşka. Sonra Efsun Abla. En son Hülya.

Hayat yine hep birlikte gördüğümüz ve hep birlikte dirilip dirilip öldüğümüz tuhaf bir rüya.

41

"Hadi artık bir ev bul bize şair."

Bir ev mi istiyoruz gerçekten Efsun Abla? Yoksa sokaklarda iyi miyiz?

"Sana kolay tabii. Bir evi terk ettin. Sokaklarda olmayı marifet sanıyorsun."

Hülya yine öfkeli bana. Ben Efsun'a öfkeliyim. Adnan Abi kendisine öfkeli, Efsun tüm dünyaya.

"Yanık bir ev bul bize şair," diyor Efsun.

"Yangınları severim," diyor Hülya.

Adnan Abi artık susuyor.

Hepimizin yangınlarla ilgili başka başka anıları var. Hülya'nın babası önce annesinin kalbini yakmış. Sonra canını yakmış. En son evini yakmış. Hülya'nın kalbi nicedir kül. O yüzden herkesin altına rahatlıkla yatabiliyor. Kasıklarındaki yangınları hiç ama hiç sevmediği adamlara satabiliyor. Efsun Abla kendisi bizzat bir yangın. Ona dokunan alev alıyor. Geçmişini kora çevire çevire küllendirdiği bir hayatın merkezinde, sigarasının dumanını devamlı o küllere üflüyor. Onun dünyasına girdiğinizde göz gözü o yüzden görmüyor. Ve yangınların sislerine karışan hayaletler o dünyada bir türlü ölmüyor.

"Bu şehir kaç kere küllerinden doğdu biliyor musunuz siz?" diyor Adnan Abi. Sanki her gün kendisi küllerinden yeniden ve yeniden doğmuyormuş gibi.

"Kaç kere Adnan Abi?"

Hepimiz ayrı ayrı küllerinden doğmak nedir onu düşünüyoruz. Ben kendimi öldürmekten vazgeçtiğim, daha doğrusu vazgeçirildiğim gün küllerimden doğdum sayılır mı? Adnan Abi küllerinden o kahveye sığındığı gün mü doğdu? Efsun Abla bacaklarını kestiğinde? Hülya bir bebek evlat edindiğinde? Matruşka çöpe terk edildiğinde?

"Hadi oradan! Külden mülden doğulmaz," diyor Efsun Abla. "Bir kere tutuştun mu, artık bitersin."

"*Yanık Saraylar* diye bir kitap okumuştum," diyor Hülya. "Hiçbir şey anlamamıştım. Ama yine de hoşuma gitmişti."

"Saraylar... Yanar tabii," diyor Adnan Abi. "Halkı fakir olan zalimlerin sarayları er geç yanar. Alev almamış tek bir saray yoktur dünyada. Kimini gerçekten alevler sarar, yakar, kimi paçasından tutuşur yanar. Ama her saray mutlak yarar."

"Sen komünist miydin acaba eskiden Adnan?" diyor Efsun Abla.

"Muhtemel."

Adnan Abi ilk kez geçmişiyle ilgili bir varsayım karşısında telaşa kapılmıyor.

"Komünizm mi kaldı?"

"Komünizm kalmadı Hülya ama komünistler kaldı. Kalakaldı hem de," diyorum.

"Sen ne anlarsın komünizmden," diye gürlüyor Efsun Abla.

Sen anlar mısın peki Efsun Abla?

"Anlarım tabii. Köpek Ahmet çok komünist öldürdü komiser için. Komiser baskın yaptığı evlerden kaçan komünistlerin el koyduğu eşyalarından bir parça giysiyi Ahmet'e verirdi. Ahmet o giysiyi Kebuz'a koklatırdı. Kebuz, yerin yedi kat dibine girse bile o anarşisti saklandığı delikte bulurdu. Ahmet de herifi oracıkta alnından tek kurşunla vururdu."

"Alnından mı?"

"Alnından."

"Kebuz senin kokunu alırsa yandın Adnan."

"Yandım Efsun."

Efsun Abla ile Adnan Abi ilk kez bir konuda aynı şeyi söylüyorlar. Efsun Abla yine kendi hayallerinden müteşekkil bir hikâyenin kahramanlarını Adnan Abi'nin varsayımlarla dolu geçmişine yamayarak köpürttüğü bir dünya kuruyor ve Adnan Abi kendisinin bu dünyaya ait olma fikrini ilk kez hiç direnmeden kabulleniyor.

Onun yerine bu sefer itiraz eden benim.

"Hani eskiden hâkimdi Adnan Abi?" diyecek oluyorum.

"Komünist hâkim diye bir şey duymadın mı sen hiç?" diye cevabı yapıştırıyor Efsun Abla.

"Köhne köhne şeyler konuşuyorsunuz. Yine boş işlerle uğraşıyorsunuz," diye mırıldanan Hülya'ya kulak veresimiz yok hiçbirimizin.

Yanık bir ev bulacağız. Komünist Adnan Abi'yi o evin içinde Kebuz'dan saklayacağız. Kebuz yanık kokusundan komünizmin kokusunu alamayacak. Köpek Ahmet bizi bulamayacak. Devran'ın hayaleti yanımıza yaklaşamayacak. Ölü Komiser peşimizden koşamayacak.

Yanık bir ev bulacağım size.

Olmadı evi yakacağım size.

42

Efsun Abla iki sokak aşağıda dileniyor. Adnan Abi deniz kıyısında demleniyor. Hülya bir arabada yine uzaklara gidiyor.

Ben, kucağımda Matruşka, avare avare dolanıyorum. İnsanların vicdanlı günü. Avcuma üç lira, beş lira bırakıyorlar. Paraları lime lime olmuş ceketimin içine iğnelediğim keseye koyuyorum. Bir yandan da yazmakta olduğum şiir için aklımdan geçen kelimeleri mırıldanarak eliyorum.

Ne dediğimi tam olarak duyamayanlar bir bana bakıyorlar, bir kucağımdaki bebeğe.

"Herhalde aç bunlar," diye üzülüyorlar. Herhalde açız, evet. "Herhalde işsiz kaldı adam," diyorlar. İşsiz kaldım, evet. "Herhalde bebeğin annesi kaçtı gitti," diyorlar. Annesi kaçtı gitti, evet.

Avcuma para bırakıyorlar. Üç lira, beş lira. Bize çok acıyorlar. Üç dakika. Beş dakika.

İşte tam o sırada yanımdan geçiveriyor kadınla çocuk.

Kadın ve çocuk. Geçip gidiyorlar yanımdan. Çocuk ve kadın.

Ellerinde alışveriş poşetleri. Poşetlerin içinde bir takım yiyecekler, giysiler, akıllarında kim bilir neler? Sanki bir zamanlar yaşadıkları evde bir koca/baba hiç olmamış gibi. O koca/baba bir sabah evden çıkıp sırra kadem basmamış gibi. Şu anda o kocanın/babanın yanından geçmiyorlarmış gibi, beni görmeden geçip gidiyorlar yanımdan. Benim onların kocası/babası olmam, Devran kadar ölü, Ahmet kadar yalan, Kebuz kadar hayal, Ölü Komiser kadar imkânsızmışçasına...

Bir koca/baba olmanın ağırlığıyla hafifliği, ikisi birden üzerime aynı anda çöküyor. Terk ettiklerimle terk edemediklerim, sorumluluklarımla sorumsuzluklarım, varlığımla yokluğum hep birlikte hem büyük bir anlam yükleniyorlar hem de dibine kadar anlamsızlaşıyorlar.

Arkamda kalan bir evle önüme çıkacak bir evin arafında duyduğum bir acı mı yoksa huzur mu kavramakta zorlanıyorum.

Çocuk heyecanlı heyecanlı bir şeyler anlatıyor kadına. Kadının kulağı onda, aklı uzaklarda. Peki ben neredeyim?

Hani sabah evden çıkmış, sokaklara düşmüştüm. Efsun'un aşkına düşmüştüm. Matruşka'ya düşmüştüm. Hülya'ya düşmüştüm. Adnan Abi'yle dertlere düşmüştüm. Düştüğüm yerler ve düşkünlüklerimin hepsi birden zihnimde yaralar açıyorlar. Hatırladığım bir evle hatırlamadığım bir ev, aradığım bir evle bulamadığım bir ev aynı anda kanıyorlar. Şu an yanımdan geçip giden ve beni görmeyen bir geçmişin ilhamıyla hayat dağlardan ansızın kopmuş dev bir kaya gibi üzerime yıkılıyor. Kendimle savaşım, o kayanın altında ezilip yok oluyor. Hatırlanmayan bir adam, artık ne orada ne burada, yaşamıyor.

Kadınla çocuk yürüyüp gidiyorlar. Gözden kaybolana kadar bakıyorum arkalarından. Sonra kucağımdaki bebeğe bakıyorum. Benim karım ve çocuğum ne kadar gerçekse, kucağımdaki Matruşka da o kadar gerçek. Ve benim karım ve çocuğum ne kadar yalansa, kucağımdaki Matruşka da o kadar yalan.

Madem.

Hadi şehri yakalım. Aileyi ateşe verelim. Bebekleri doğmadan mütemadiyen düşürelim. Alnımızda birer delik. Burnumuzda bir köpeğin benzersiz hüneri. Koklaya koklaya tüm suçların peşine düşelim. Efsun Abla kendi bacaklarını keser gibi acımasızca kesip atsın canını sıkan herkesin kellesini. Adnan Abi ceplerden, cüzdanlardan tek tek çıkarıp dişleriyle yırtsın tüm kimlikleri. Hülya hiç durmamacasına üstüne alsın tüm erkekleri. Ben yeryüzündeki tüm Devran'ların tekrar tekrar kafasını taşla ezeyim, cesetlerini köpeklere yedireyim.

Bir bebeği sur dibinde ha bire ölüme bırakalım. Hiç öpüşmemişiz gibi olsun Efsun Abla'yla. Hiç sevişmemişiz gibi. O kahve yıkılmamış gibi. O şiirler yazılmamış gibi.

Ben hep başkalarının muhasebesini tutmuşum, kendi muhasebemi hiç tutmamışım gibi.

43

"Bugün karımla çocuğum yanımdan geçtiler ve beni görmediler."

"Bugün sen karınla çocuğunu gördün ama onlara görünmedin."

Ah Hülya! Yine ne kadar acımasızsın bana.

"Yalan mı?" diyor Adnan Abi. "Onların seni görmemesinin bir önemi yok, önemli olan senin onları gördüğün halde kendini göstermemen."

"Neden beni fark etmemeleri üzerine konuşmuyoruz da benim onları fark ettiğim halde ses etmemem üzerine konuşuyoruz?"

Efsun Abla alaycı, "Ne o, eski hayatında artık hiç ama hiç yoksun diye üzüldün mü?"

"Tam olarak neye üzüldüm biliyor musun, Matruşka'nın hiçbir zaman o annesinin elini tutarak yürüyen çocuk kadar mutlu olamayacağı gerçeğine üzüldüm."

"Sen de bir zamanlar o çocuk gibi annenin elinden tutup yürüyordun ama ben seni bulduğumda kendini öldürmeyi düşünüyordun şair?"

Annemin eli?

Doğru Efsun Abla, doğru ama Matruşka'nın bir gün benim kadar mutsuz olup da kendisini öldürmeyi düşünmeyeceğinden nasıl emin olabiliriz?

"Sana ne bundan şair? Bir bebeğin büyüyüp de ne yapacağından ya da yapmayacağından sana ne? Bize ne?"

"Bir çocuğu korumanın tek yolu onu doğurmamaktır."

"Bak Hülya doğru söylüyor. Sen endişeleneceksen kendi çocuğun için endişelen. Matruşka senin marifetin değil."

Peki Matruşka kimin marifeti?

Bugüne kadar Matruşka'nın annesiyle babasının kimler olduğunu hiç düşünmediğimizi fark ediyoruz. Ama yeni doğmuş bir bebeği ölüme terk edecek kadar kalpsiz olabilecek insanların hayat hikâyelerinin nasıl olabileceğini hepimiz çok iyi biliyoruz.

"Keşke Kırların Hatçe beni o ahırda bırakıp kaçsaydı da ölseydim."

"Öyleyse o gece neden aldık Matruşka'yı o çöplükten Efsun Abla?"

"Aşk sarhoşluğu şair, aşk sarhoşluğundan".

Efsun Abla ilk kez aşktan bahsediyor. Benden aşkla bahsediyor. Büyü bozulmasın diye lafı uzatmıyorum. Matruşka'yı, o aşk çocuğunu Efsun Abla'nın kucağından usulca alıp, şefkatle göğsüme bastırıyorum.

"Boş konuşuyorsun şair. Boş seviyorsun. Yanlış sularda yüzüyorsun."

Benim yanlışım en büyük doğrum Efsun Abla. Benim yanlışım sana olan aşkım.

44

Günlerdir deli gibi yağmur yağıyor. Altımızda ıslak kartonlar, üzerimizde buz tutmuş battaniyeler.

"Hadi bir ev bul bize artık, yeter sokaklar," diyor yine Efsun Abla.

Hülya bir şey söylemiyor ama seziyorum, bir otele yerleşmekle bizi bir türlü terk edememek arasında epeydir bocalıyor. Adnan Abi çok kötü öksürüyor. Ayakları şişti. Her gün biraz daha zor yürüyor. Her gün biraz daha zor nefes alıyor. Aramızda bir tek Matruşka'nın keyfi yerinde. O devamlı gülüyor, bol bol uyuyor, yeni yeni çıkan dişleriyle eline ne versek kemiriyor.

"Hadi," diyorum. "Deniz kıyısından ayrılalım artık."

Birbirimizle hiç konuşmadan toparlanıyoruz. Hülya bavulunu kapatıyor. Adnan Abi, "Ama ben yavaş yürürüm biraz," diyor. Efsun, "Ben hep hazırım yola," diyerek kucağındaki Matruşka'nın üzerini sıkı sıkı örtüyor.

Çantaları tekerlekli sandalyenin yanlarına asıyorum. Denize paralel düz sokaklara sapa sapa, yolun dikliğini azalta azalta, şehrin görkemli tepelerinden birini tırmanıyoruz ve ben hayatımda ilk kez, bir yolun düz olmasıyla yokuş olması arasındaki farkı görüyorum.

Düz bir yolda yürürken nefesimiz kesilmiyor. Yol gözümüzde büyümüyor. Sağımızda solumuzda ne var görüyoruz. Adımlarımız güvenli. Bedenlerimiz yere dik. Kendi ağırlığımızdan fazlasını hissetmiyoruz. Hatta bazen herhangi bir ağırlığımız olduğunu bile hissetmiyoruz. Etrafa rahatça dikkat kesiliyoruz. Kokuları ve sesleri fark edebilecek kadar açık bir algıyla yürüyoruz. Hiç zorlanmadan. Nefeslerimiz düzenli. Gözlerimizin akı kanlanmamış. Yer bizi kendine kendine çekmiyor. Nabzımız normal. Dümdüz gidiyoruz. Yola karşı amansız bir savaş vermiyoruz.

Yokuş ise bir mücadele. Dik duramayan bedenlerin kendi ağırlıkları altında ezile ezile, kendilerine rağmen aşmaya çalıştıkları bir mesafenin işkencesi. Hazırlıksız yakalanılan bir yorgunluk. Hiç bitmeyecekmiş gibi görünen lanetli bir eziyet. Üstesinden gelinemeyecekmiş gibi hissedilen bir zorluk. Yatmaya ve oturmaya ve düz yollarda aylak aylak yürümeye alışmış kasların aklını karıştıran, bedeni kokutan bir telaş.

Kış ayazında boncuk boncuk terliyoruz. Hülya'nın bavulu çok ağır. Tekerlekli sandalyeyi itmek çok zor. Adnan Abi'nin bedeni çok yorgun. Yokuş çok dik. Şehir çok büyük. Hayat çok acımasız.

Nasıl itiyorum bu tekerlekli sandalyeyi yokuş yukarı? Nasıl tırmanıyoruz bu tepeyi o çocuğu kucağımızdan düşürmeden? Nasıl inanıyoruz yükseklere varacağımıza Adnan Abi'yi daha da delirtmeden?

Yokuşu inenler ve çıkanlar sağımızdan solumuzdan zaman gibi akıp gidiyorlar. Biz zamanın içinde donup kalakalmışız. O kadar yavaşız ki sanki bir filmdeki felaket sahnesinden alınmış bir anlık görüntünün ağır çekiminin bitmek bilmez gösterimiyiz. Üstelik hiç kimse tarafından da seyredilmemekteyiz.

İttiğim tekerlekli sandalyenin üzerinde yırtık montunun içinden çiçekli elbisesi görünen cılız bir kadın, kucağında mütemadiyen gülen, battaniyelere sarılı bir bebek, sandalyenin sağına soluna asılmış fermuarları bozuk çantalar, çantalarda birtakım paçavralar, kısa pantolon paçalarından görünen şiş ayaklarının mosmor damarları patlamak üzere olan ve ayağına küçük bir ayakkabıyı arkasına basarak çorapsız giyen bir adam ve daha dün, sokak adamlarını tıraş etmek için camiye gelen berberin kazıdığı kafamla ben, her şey normalmiş gibi yaşayan bir kalabalığın ortasında, tıkanmış nefeslerimiz yüzünden hırıldayarak yürüyoruz. Aşağılardan yukarılara doğru görünmez bir el tarafından itilen dev bir karmaşayız. Kâh yuvarlağız, kâh köşeliyiz, kâh ezilmişiz, kâh kabarmışız.

Derken yokuş bitiyor. Caddenin başındaki küçük meydana varıyoruz. Önümüzde upuzun, arkamızda dimdik bir yol; her şeye kör bir kalabalık. O kalabalığın tam ortasında grotesk bir heykel gibi yan yana duruyoruz. Hayat etrafımızdan bir süre akıp gidiyor. Biz nefeslerimizi tutmuş, yönümüzü bulmaya çalışıyoruz. Kalabalığa karışmakla, gerisingeriye kaçmak arasında bir süre donuyoruz.

Önce ben hareket ediyorum. Efsun Abla'nın tekerlekli sandalyesini itiyorum. Adnan Abi kolunu Hülya'nın koluna geçiriyor, onu neredeyse sürükleyerek kalabalığın içine çekiyor. Cadde boyunca yürümeye başlıyoruz. Bize benzeyen birtakım insanlar yerlerde sürünüyorlar. Kapı içlerinde inliyorlar. Banklarda ölüyorlar. Kimse dönüp onlara bakmıyor. Kimse bize de bakmıyor.

Yaşlı ve şişman bir kadın kocaman bir top gibi olduğu yerde sağdan sola devrilerek dualar mırıldanıyor. Belden aşağısı tutmayan genç bir kadın yerde sürünerek gelen geçene yalvaran gözlerle bakıyor. Küçük bir oğlan çocuğu, üzerinde incecik bir kazak, bir su birikintisinin üzerinde çömelmiş, flüt çalıyor. Bir duvarın dibinde ağlayan bir deli var. Başka bir köşede kedilere bırakılmış mamaları avuç avuç ağzına dolduran başka bir deli. Kucağında bebekle çöp karıştıran bir annenin yanından geçiyoruz. Yol kenarında, ölü mi diri mi belirsiz, sırtüstü yatan, vücudundaki yaralar kurtlanmış yaşlı bir sokak adamıyla göz göze geliyoruz. Koltuk değneklerinin üzerinde zar zor duran, ayakları ve kolları kesik bir dilenciye çarpıyoruz. Aklını yitirmiş bir genç adam yalınayak ve bağıra çağıra geçiyor yanımızdan. Hayat öylesine olağan.

Herkes her şeyi görüyor ve kimse hiçbir şey görmüyor. Bu karmaşanın ortasında biz, biri bebek beş kişi, yokuş tırmanmış gibi değil de çağlar aşmış gibiyiz. Önce kahvede, sonra parkta, ardından iskelenin basamaklarında birlikte geçirdiğimiz zamanın, yaşadığımız hayatın üzerine, hissediyoruz, bir perde inmek üzere. Gözlerimizden bir perde kalkmak üzere.

Çok yakınlarda metruk bir ev bizi beklemekte.

45

"Kalabalıkların ortasında saklanmak bazen kuytularda saklanmaktan daha güvenlidir."

Hülya, Adnan Abi gibi düşünmüyor. Bu kalabalık onun için ürkütücü. "Ev bulamazsak hemen geri dönelim kıyıya," diyor.

Hülya'nın aksine Efsun Abla da Adnan Abi gibi kalabalıktan çok memnun. Tekerlekli sandalyesi sanki görkemli bir operanın locasıymış gibi, önünden geçip giden insanları, oturduğu yerden keyifle seyrediyor.

"Bunların hepsi her gün bir an dursa ve bize birer lira verse hayatımız kurtulur!" diyor.

Bu fikre hepimiz çok gülüyoruz.

"Kaç kişi vardır şu anda kadrajımızda Efsun Abla?"

"Bence bin beş yüz!"

"En fazla yüz," diyor Hülya.

"Kadrajının genişliğine bağlı," diyor Adnan Abi. "Ne de olsa dünya, hepimizin ayrı çerçevelerden baktığı bir hülya."

"Kesin şairdin sen Adnan."

"Belki de hem komünist hem hâkim hem de bir şairdi Efsun Abla?"

"Vazgeçtim. Şair mair değildi bu. Bence eskiden köpekti. Kebuz gibi, Ahmet gibi. Kâh insandı, kâh hayvan.

Komiser hepimizi alnımızdan vurdu. Bu Adnan köpeği de cesetlerimizi yedi. Şimdi peşinden sürükleye sürükleye, hayaletlerimizi ibretiâlem için şehirde gezdiriyor."

Kimi ne zaman neden sevdiğini bilemediğim gibi, kime ne zaman neden kızdığını da hiç bilemediğim Efsun Abla, sen de eskiden müthiş bir senaristtin bence. Fantastik karakterler yaratan ve sürprizli dünyalar kuran. Senaryosunu yazdığı filmler kapalı gişe oynayan. Biz de hepimiz sadece senin hayal ürünleriniz. Taktın bizi peşine, paralel evrende dünyayı gezmekteyiz.

Bizim bu konuşmalarımız Hülya'yı yine asabileştiriyor.

"Ev bulma fikrini ne çabuk unuttunuz," diye dişlerinin arasından tıslıyor.

Adnan Abi arkamızda ne olduğunu o an fark ediyor. Sırtımızı kapısına, pencerelerine tahtalar çakılmış, tek katlı boş bir binaya yaslamışız. Kim bilir kaç yıldır, bir şairin sokaklara düşmesini, yaşlı bir orospunun bacaklarını kesmesini, bir adamın hafızasını yitirmesini, genç bir orospunun hayata dair tüm ümidini kaybetmesini ve bir bebeğin çöpe terk edilmesini bekleyen bir bina.

Evimiz.

Kucağında Matruşka ile Efsun Abla, elinde bavulla Hülya, herkesle birlikteyken bile tek başına olabilen Adnan Abi, hepimiz sırtımızı caddeye dönmüşüz, gözlerimizi bu boş binaya dikmişiz. Kapısına çakılan tahtaları sökmek için gece yarısını beklemekteyiz.

"Bu evi kim neden terk etti acaba?" diyor Adnan Abi.

Bence ev sahipleri öldüğü için terk edildi.

"Ona terk diyemeyiz," diye itiraz ediyor Efsun Abla. "Ev terk edilmemiş. Eğer sahipleri öldüyse, ev sadece sahipsiz kalmış demektir."

Hülya'nın kafası karışıyor. "Ne farkı var? Ölerek de terk edebilirsin bir evi. Sen öldüğünde senden başkası yoksa evin..."

"Senden başkası yoksa evin..."

Bu laf kalbimi deliyor. Ben bir evi terk ettim ama ev terk edilmedi çünkü benden başkası vardı evin. Şu anda o evde karım ve çocuğum hatta belki bir başka adam yaşıyor. Sen terk ediyorsun ama terk ettiğin terk edilmiş olmuyor. Bu fikir kalbimi ezdikçe eziyor.

Adnan Abi de benim kadar etkileniyor bu cümleden.

"Kimi kimsesi olmayan ev ha?" diyor. "Belki o da benim gibi kim olduğunu unutmuştur. Bir ev de hafızasını kaybeder mi?"

"Şehir kaybediyor hafızasını, ev mi kaybetmeyecek?"

Akşam oluyor. Cadde sakinleşmiyor. Gece oluyor. Cadde sakinleşmiyor. Gece yarısı oluyor. Cadde sakinleşmiyor. Sabah ezanı okunuyor. Cadde anca sakinleşiyor.

Gelen geçen çok az insan var. Onların da bizi görebilecek hali yok. Artık içeri girebiliriz.

Kapıya çakılmış tahtaları Adnan Abi'nin çakısıyla iki üç çiviyi yerinden oynatarak aralıyoruz. Efsun Abla'nın sandalyesinin geçebileceği bir aralık açıyoruz.

Önce Adnan Abi geçiyor kapıdan. Sonra ben kucağında Matruşka ile birlikte uykuya dalan Efsun Abla'nın iskemlesini içeri doğru itiyorum. Arkamızdan bavulunu çekiştire çekiştire Hülya geliyor.

Artık bir evimiz var.

46

Mutfakta tel dolap. İçinde kap kacak. Odada kırık bir çekyat. Yüklükte farelerin parçaladığı ama hâlâ kullanılabilir birkaç pamuk yatak. Camı kırık bir tüplü televizyon. Çalışmıyor. Çekyatın arkasındaki raflarda bir fotoroman, iki cilt ansiklopedi. Biri c'den e'ye, diğeri t'den ü'ye. Yerde kenarları sökülmüş, lekeli bir kilim. Pencerelerde rengi belirsizleşmiş yırtık perdeler, tüller. Kapıda paslı bir kilit. Kapının yanında bir çift terlik.

Efsun Abla önce biraz fotoromana bakmış sonra onu fırlatıp atmış şimdi artık terliklere bakıyor.

Kimindi bu terlikler? Bu evi terk edip giden bir kadının. Terliklerini son kez giydiği, o tel dolabın kapağını son kez açtığı, o tel dolaptaki cezvede kahveyi son kez pişirdiği, o pencerenin önüne oturup dışarıya son kez baktığı ve gördükleri hakkında son kez bir şeyler düşündüğü o gün... hangi dündü?

"Belki benim doğduğum gündür," diyor Efsun Abla.

"Sen ne zaman doğdun ki?"

Rahme sonbaharda düşmüş, ilkbaharda dünyaya gelmiş. Kırların Hatçe'nin karnında üç mevsim... Şimdi bir daha düşünelim. Efsun ne zaman doğdu?

Hatçe'nin kırlara göçtüğü zaman mı? Hatçe'nin pavyon tuvaletinde bileklerini kestiği zaman? İlk kez Köpek

Ahmet'le öpüştüğünde ve sevmeyi ondan öğrendiğinde? Sonra yaşlı bir adamla, sonra bir genelev patronuyla, sonra genç bir garsonla, sonra kamyoncularla, sokak adamlarıyla, torbacılarla seviştiğinde? Ölü Komiser alnından vurulduğunda? Kırların Hatçe gibi bir pavyon tuvaletine düştüğünde? O tuvaletin kapısında Devran'la ilk göz göze geldiğinde? Bacaklarını testereyle kestiğinde?

Belki de hepsinde.

"Evet! Defalarca doğdum ben şair! Sana ne zaman öldüğümü de anlatayım mı?"

Sakın! Doğumlarının hiçbirinde ben yokum. Ölümlerini duymaktan korkuyorum.

Konuyu değiştirmek için, "Kahveden daha iyi burası. İyi ki yıktılar o mahalleyi," diyor Hülya pencereden gizlice sokağa bakarak.

"Belki de bir daha hiç çıkmam sokaklara," diyor Efsun Abla. Sonra bana dönüyor ve hayatımda duyduğum en büyülü sözü söylüyor.

"En son da seninle seviştiğimde doğdum ben Musa."

47

Evimizdeki ilk gece, sanki hâlâ sokaklardaymışız gibi, yerde yatıyoruz. Hülya bana sarılıyor, ben Efsun'a, Efsun Matruşka'ya. Adnan Abi hep bizden biraz uzakta...

Sabah Hülya'nın çığlığıyla uyanıyoruz.

Matruşka yok!

Hülya hepimizi tekmeleyerek uyandırıyor.

"Bebeğimi çalmışlar! Bebeğimizi almışlar!"

Kapı açılmamış, cam kırılmamış, hiçbir eşyamıza dokunulmamış. Sadece bebek yok. Bezleri de yok. Elbiseleri de yok. Biberonu da yok. Kimliği de yok. Matruşka sanki hiç olmamış gibi, her şeyiyle, külliyen yok.

"Bebeği o tinerci çaldı," diyor Adnan Abi başı iki elinin arasında hıçkıra hıçkıra.

"Bebeğiölükomiseraldıbebeğidevranalıpgötürdübebekköpekahmettebebekkebuzundişlerinde!" diye bağırıyor Efsun Abla tırnaklarını yerin ahşap döşemelerine geçirerek.

Hülya bir duvarları yumrukluyor, bir göğsünü.

"Kaybettik. Matruşka'yı kaybettik. Bir bebeğe sahip çıkamadık. Bir çocuğu koruyamadık," diye çığlıklar atıyor.

Ben tek kelime edemiyorum. Kimseyi sakinleştiremiyorum. Donup kalmışım. Öleyazmışım.

Kim girmiş olabilir bu eve? Kim bizi uyandırmadan

bebeği koynumuzdan, eşyalarını çantadan alabilir? Kim hiçbir iz bırakmadan en kıymetlimizi çalabilir? Bir bebekten başka hiçbir şeyi olmayan insanlara kim bu kötülüğü yapabilir?

"Tanrım bize yardım et. Bulalım Matruşka'yı," diye ağlayan Adnan Abi'nin bacaklarını yakalayan ve kendi cılız bedeninin güçsüzlüğüne aldırmadan, dağ gibi adamı yere yıkmaya çalışan Efsun Abla, "Bizim tanrımız yok! Hâlâ anlamadın mı! Bizim tanrımız yok! Başkalarının tanrısı o!" diye çığlıklar atıyor.

Bu cehennem sahnesinden sıyrılıp evden dışarı çıkıyorum.

Şehri sis basmış. Ne yöne gideceğimi, bebeğimizi nerede arayacağımı bilmiyorum. Caddeye çıkıyorum. Cadde, iki yanında yükselen eski apartmanların arasına sonradan gelip sıkışmış gibi. Apartmanlar az önce bir bütünden yarılmış, cadde aniden oluşmuş gibi. Zeminindeki parke taşlardan kimi yerinden çıkmış. Boşluklarındaki küçük karanlıklarda derin uçurumlar. Bassam, içine düşeceğim ve geldiğim yere geri döneceğim. Bassam, geçmişimdeki tüm hataları yenileyeceğim.

O boşluklara basmadan kısalı uzunlu, ritmi bozuk adımlar ata ata hızla yürüyorum. Yasak olduğu halde caddeye giren arabalar yanımdan hızla geçiyorlar. Onlardan kaçarken sittin sene önce kırılmış bir yangın musluğuna çarpıyorum. Yerdeki rögar kapaklarından biri çalınmış. O kapaktan da geriye kocaman, tehlikeli bir boşluk kalmış. Ayağım o boşluğun kenarına takılıyor. Sanki, içine düşsem... içine düşsem... içine düşsem.

Boşluğun üzerinden kocaman bir adımla atlıyorum. Atlarken gözlerimi altımdaki derinlikten alamıyorum. Geçmişe ait ne varsa sanki az önce o derinlikten tekrar dışarı çıkmış. Delikte her ne varsa hepsi paçalarıma yapışmış. Adımlarım o kadar ağır ki koşmaya çalıştığım halde bir milim bile ilerleyemiyor gibiyim. Matruşka sanki çok yakınımda ama onu bulamıyor gibiyim.

Yetersizliğin ıstırabını ilk kez bu kadar yoğun hissediyorum. Istırabın azalması umuduyla, yere bakmaktan vazgeçip, başımı yukarıya kaldırıyorum. Göz gözü görmüyor. Serinlik nemli bir bulut gibi yere inmiş, her şeyi hayalete döndürmüş. Hayatı bir nefes gibi içine çeken ve gerçeklerin üzerine sinsi bir bulut gibi çöken sise aldırmadan hızlanmaya çalışıyorum. Hızlanmaya çalıştıkça daha da yavaşlıyorum.

Evimden. Evimizden. Evden çok ama çok uzaktayım. Ama hangisinden?

Daha önce neredeyse hiç adım atmadığım sokaklarda, daha önce hiç ama hiç bana ait olmayan zamanda, nereye gittiğimi bilmeden, nereye varacağımı düşünmeden, yürüyorum. Çalınmış bir bebeğin izini nerede nasıl süreceğimi bilemiyorum.

Saatlerce mi, asırlarca mı yoksa bir an mı? Şu an mı? Zaman gerçekten de şimdiki zaman mı? Ne kadar çok yürürsem o kadar çok uzaklaşacağım bir gerçekliğin içinden geçip varacağım bir hayalin belki peşindeyim, belki ötesinde, belki de çok ama çok gerisinde.

Sisin tahakkümcü belirsizliğinde tedirgin adımlarla ilerlemeye çalışan ürkek insanlara çarparak, ardımdan edilen sitemlere, küfürlere, yuhalamalara kulak asmadan, ezbere bildiğim bir yoldaymışçasına, hiç engel tanımadan gidiyorum.

Sanki sisi gökyüzünden aşağıya indiren benim. Sanki tanrıyım. Sanki sisim. Şimdiye kadar hiç olmadığım kadar kendimim.

Aklımda, cevabı kendisinden daha önemsiz yığınla soru. Şu geçtiğim yollar, sokaklar, caddeler kimin? Bu şehir kimin? Bu ülke kimin? Bu dünya kimin? Bu hayat kimin? O bebek kimin?

Her şey benim. Ben her şeyim.

Birden ayağım teneke bir kutuya çarpıyor, bir an arkadan ateş edilmiş gibi korkuyorum. Bir elim karnıma, diğer elim alnıma gidiyor. Olduğum yerde kalakalıyorum. Sisin içinden kalın ve çatallı bir erkek sesi.

"Asabi görünüyorsun bugün Ahmet," diyor. "Titreşimler Ahmet; titreşimler ve sesler sis mis iplemezler; Ahmet; Köpek Ahmet, İt Ahmet. Kebuz Ahmet," diye söylenenin alnında bir delik olan, üniformalı bir adam olduğunu hayal meyal seçiyorum. O bunları söylüyor ve elindeki tabancayı parmakları arasında çevire çevire, bana rakip bir tanrıymışçasına sisin içinde kayboluyor.

Arkasından bağırmak istiyorum. "Benim adım Musa!" Bağıramıyorum. Sesim çıkmadığından değil, o an gerçekte kim olduğumdan emin olamadığımdan.

O andan sonra, sisler içinde sarsak ve ürkek bedensiz varlıklar gibi yürüyen herkes bana o adammış gibi geliyor. Herkesin alnının ortasında bir delik, parmaklarının arasında bir tabanca. Tetiği çekseler çekerler. Şu an birbirlerini vursalar vururlar. Bir bebeği çalsalar çalarlar. Benden başka herkes tek bir kişi, ben onların arasında bambaşka biri.

Başı kopmuş ama kalbi henüz durmamış bir hayvan gibiyim. Kendimi yok ederek yeniden var olmak hevesiyle şehrin bir ucundan diğer ucuna doğru yürüyorum ve denize varmak istiyorum.

"Bir şeyleri mi terk ediyorum yoksa bir şeylere mi kavuşmak üzereyim?"

Yıllarca bir apartman katında, makul ısıda bir odada huzurla uyumuş ve dışarısıyla içerisi arasındaki o devasa uzaklığa karşı hiçbir sorumluluk duymamış olmanın suçluluğuyla gidip gelen aklımı geride bırakıyorum. Şu an o aklın kaçığıyım.

Sezgileri körelmiş insanlar, sadece kendi adımlarının

derdinde, ulaşmak istedikleri hedefe gitme gayretiyle yanı başlarında olup biten onca şeyi görmeden, hiçbir şeyi görmeden, kör gibi, akılsız gibi, kötü gibi sadece kendilerini düşünerek, ilerliyorlar. Yoksa geriliyorlar mı?

Peki ben?

Benim yanından geçip gittiğim ve benim yanımdan geçip giden her şeyin farkında olmam bir işe yarıyor mu? Yazdığım onca şiir, kurduğum onca cümle, sevdiğim onca kelime, bir bebeği korumaya yetmiyorsa, aşkı ölümsüz kılmıyorsa, neden ama neden kendimi öldürmedim ben zamanında?

Sis yavaş yavaş dağılıyor.

Şehir sisin içinden bir büyü gibi yeniden doğmaya başlıyor.

Çok önce ölmüş olması gereken bebek, kim bilir artık kimlerin elinde, o an gerçekten ölüyor.

Matruşka.

İçimizden çıkan ve içimizde kaybolan.

Caddenin öbür ucunda, terk edilmiş bir bina, şu an cayır cayır yanıyor.

Sevdiklerim bir anda kül oluyor.

Küllerinden yeniden doğamaz kimse. Bir kere tutuştun mu, artık bitersin.

Efsun Abla hep en doğrusunu biliyor.

48

Başımı yavaşça sağıma çevirip saate bakıyorum. 06.30

Başımı yavaşça soluma çeviriyorum.

Saatin ziliyle bir an için uyanan ama uykusu kaçmasın diye gözlerini açmadan uyumaya devam eden kadın, belli belirsiz bir şeyler mırıldanarak bana sırtını dönüyor.

Yatağımdan usulca kalkıyorum. Ayaklarımın ucuna basarak tuvalete gidiyorum. Yüzümü yıkayıp tıraş oluyorum. Odaya dönüp ses çıkarmadan hızlıca giyiniyorum. Kravatımı aynada düzeltirken kendimi baştan aşağıya süzüyorum.

Sonra çocuğun odasına kapıdan bir göz atıyorum. O da annesi gibi derin uykuda.

Mutfağa geçip kahve makinesinin düğmesine basıyorum. Bu arada dolaptan bir şeyler atıştırıyorum. Mutfak kahve kokuyor.

Kahvemi sigarayla birlikte evin balkonunda içiyorum. Hava daha aydınlanmamış. Çevredeki yüksek apartmanlarda bazı dairelerin ışıkları yanmış, bazılarınınki yeni sönmüş. Benim gibi işe gitmek için erkenden uyananlar ve ev halkını uyandırmamak için parmak uçlarına basarak kendi evlerinde birer hırsız gibi dolananlar, hâlâ uyuyan çocuklarına odanın kapısından şöyle bir göz atanlar, mutfakta hızla bir şeyler atıştıranlar, vapuru, metroyu, servisi, otobüsü, minibüsü kaçırmamak için sık sık kolundaki/duvardaki/telefonundaki/masasındaki saate bakanlar, biz hepimiz, kadınlar ve adamlar, gençler ve yaşlılar, tembeller ve çalışkanlar, hevesliler ve bitkinler, hızlılar ve yavaşlar, şuurlular ve şuursuzlar, başarılılar ve başarısızlar, inançlılar ve inançsızlar, akıllılar ve aptallar, kurnazlar ve saflar, aldatanlar ve aldananlar... Biz hepimiz hep ve hâlâ o evlerden/evden/evlerimizden çıkıp işe/o işe/işlerimize gitmek için her sabah aynı saatte aynı şeyleri yapanlar, devamlı ve de hep birlikte aynı inançla/şurla/korkuyla yaşamaya hazırlanıyoruz.

Hepimiz sistem dışına çıkarsak hayatta kalamayız sanıyoruz.

Sistemin içiyle dışı arasındaki fark hakkında zerre kadar bilgimiz yok. Ama heyula gibi bir korkumuz var.

Biz, hepimiz, iyi kötü bir tanrıya inanıyoruz.

O tanrının bizim değil, başkalarının tanrısı olabileceği fikrini her yıkımda, her felakette, her yüzleşmede hızlıca zihnimizden kovuyoruz.

Kahvemi bitiriyorum.

Sigaramı söndürüyorum.

Cüzdanımı ve telefonumu alıyorum, üzerimde takım elbisem, işe gitmek üzere kapıyı çekip evden çıkıyorum.

Asansör çok yukarılardan en aşağılara düşer gibi iniyor.

Sitenin kapısındaki güvenlik laf olsun diye bana başıyla selam veriyor.

Metronun girişinde biri kadın, biri erkek iki sokak insanının yanından geçiyorum.

Erkek tekerlekli sandalyedeki kadına, "Şehir gibi

bakıyorsun bana," diyor. "Beni tehdit mi ediyorsun, çok mu seviyorsun, anlaşılmıyor."

Kadın ona cevap vermiyor, parmaklarının arasındaki izmariti elindeki gazı bitmiş çakmakla zar zor yakıp, derin bir nefes çekiyor.